TAKE
SHOBO

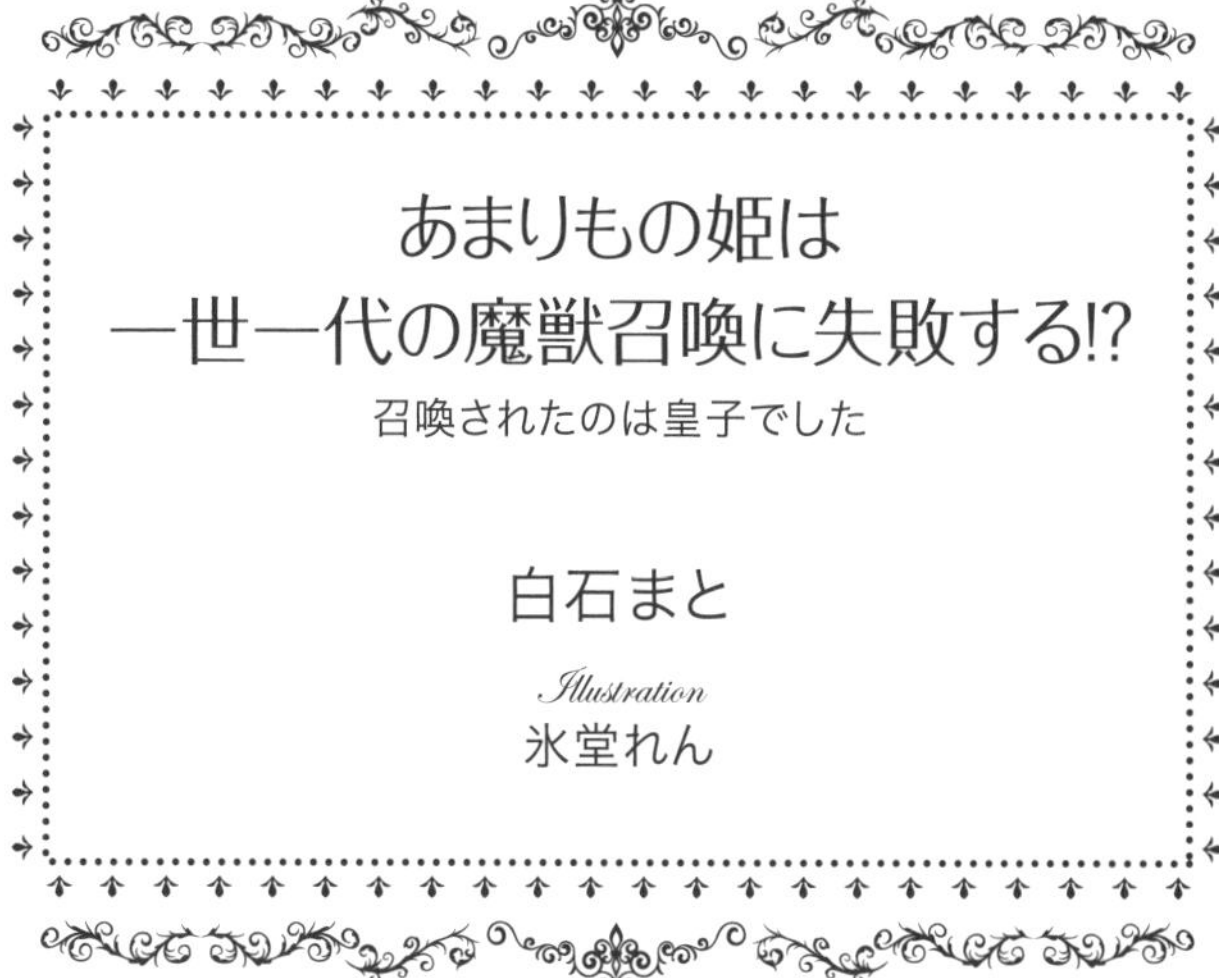

あまりもの姫は一世一代の魔獣召喚に失敗する!?

召喚されたのは皇子でした

白石まと

Illustration
氷堂れん

contents

イラスト／氷堂れん

あまりもの姫は一世一代の魔獣召喚に失敗する!?

召喚されたのは皇子でした

Prologue

大陸の中央寄りに位置するクランベル王国は夏の終わりに差し掛かり、残暑の寝苦しさが残る夜でも、窓さえ開けていれば健やかな目覚めを迎えられるようになった。

それなのに、王家の五番目の王女で、もうすぐ十八歳になるマリーネ・クランベルは、前夜一睡もできなかった。彼女は白々と明けてくる窓の外を眺めて眉を顰める。

サファイヤブルーの瞳を瞼で塞いだ彼女は、ベッドで深く溜息を吐いた。

――今日は私の魔法力で、できる限り強力な魔獣を召喚しなくてはならないというのに、寝不足だなんて。眠らなくちゃと思うほど目が冴えてしまったわ。気持ちが焦るからよね。

強い魔獣などいままで一度も呼び出すことができなかった自分にこういう役割が回って来るとは、運命の巡り合わせは容赦がない。

――今日は天気が良さそう。それだけが救いに……はならないわね。私が王家の秘儀を上手く扱えるかどうかだもの。いまからでも少しは眠れないかしら。

大陸の魔法力が衰え始めて数百年、どんな魔法も使える魔法使いたちがいなくなってゆく中で、各国の王家は一つの大きな魔法の因子を血脈の中に保全して〈秘儀〉とした。

いまでは、秘儀以外の小さな魔法は、使えるならより良いという程度になっている。

ただ、長い時を経て、秘儀自体も完全に受け継がれるときと消えてしまう場合が出てきた。

クランベル王家の秘儀は〈召喚魔法〉と呼ばれる。

魔界から魔獣を呼び出して契約を結び、召喚者と召喚獣の固い絆で国を守る魔法だ。

召喚魔法の因子を受け継ぎながら、マリーネの場合はとても特殊だった。

七歳のころから、数々の魔法を学んできたが、博士たちの見立てでは、彼女の魔法力は発動するときに曲がるという。

そのせいで、召喚が上手くいった試しはなかった。

――どうして私の魔法力だけ、使うときに曲がるのかしら。今回だけは成功させたいのに。強い魔獣を召喚しなくてはならないのよ。クランベル王国のために――！

考えれば考えるほど焦ってしまう。

昔から『落ち着きなさい』とか『慌てないで』とか言われるが、自覚していてもなかなか思い通りにはいかない。

再びため息を一つ零してから、なんとか浅い眠りに身を任せたところで、彼女付きの筆頭侍女のラナが起こしに来た。ベッド横でいつも通りの明るい声で呼び掛けてくる。

「起きてくださいませ、マリーネ様。そろそろ準備を始めるお時間です。今日は、マリーネ様が以前言われていた『勝負ドレス』をご用意いたしました！」

目を瞬きながら起き上がったマリーネは、眠そうな顔に笑みを浮かべてラナへ視線を向ける。

常に笑って明るく元気に振舞うことが、自らに課した自分の姿だ。

ラナは、マリーネが眠れなかったとは思わないだろう。

「勝負ドレス……。以前、小姉さまたちが褒めてくださったドレスね」

「はい。そうでございます」

先日、新しいドレスが出来上がったとき、双子の姉たちに着付けた様子を見てもらった。

王家の三女と四女になる双子の姉たちで、クランベルには、その上に長女と次女のもう一組の双子の王女たちがいる。

つまり末姫のマリーネには、二組の双子の姉たち四人がいるのだ。

下の双子になる〈小姉さまたち〉は、口々に褒めてくれた。

『マリーネ。とっても似合うわよ。あなたのストロベリーブロンドがよく映えるわ』

『ほんとね。居並ぶ人たちの注目を浴びるわよ、きっと』

朱赤を下地にして、明るいクリーム色のフリルやレースが組み合わさっていたドレスは、真珠を散りばめることでコーディネートされていて、姉たちの言葉通りマリーネにとてもよく似合っていたと思う。

『ありがとうございます。派手ですね。こういうのが、勝負ドレスというのでしょうか。これを着れば私も多少は目立つかもしれません』

鏡に映った自分の姿を見ていたマリーネは、弾んだ声を出して勢いよく振り返った。

これでもう少し背丈があれば、本当に目立つ美しさに挑戦できるだろうが、彼女は、同年齢の令嬢たちよりも背が低めだ。

低身長というほどではないのに、口さがない者は『小さな王女』とはっきり言う。

顔立ちは整っていると言ってもらったこともあるが、小柄で華奢（きゃしゃ）で目立つとは言えない。

マリーネが『大姉（おおあね）さまたち』と呼ぶ王家の長女と次女の双子は、数年前に王国内の高位の貴族に嫁いでいる。『小姉さまたち』は、現在、結婚相手を物色中だ。

闊達（かったつ）で美しい下の姉たちは、見目麗しい貴公子たちにいつも取り巻かれていて、いずれ最高の相手を選ぶだろう。

美女ぞろいの四人の姉たちに混ざると、自分がいかに小さく見えるのか、マリーネは物心つくころから身に染みて知っていた。

城の内外で〈あまりもの姫〉といわれているのも知っている。

そんなマリーネが、今日は国の存亡をかけた召喚魔法を実行しなければならなくなったのだ。

——成功させたい。

押しつぶされそうな不安を隠して、マリーネはラナへと朗らかに笑い掛ける。

「どうしたって勝負ドレスになってしまうわね。いまからの時間がどれほど大切なのか理解しているわ。お父様にあれだけ言われたもの」

思い起こせば一週間前。父であるクランベル王は言った。

『強い魔獣を召喚してくれ。北のフィッツ帝国が領土拡大のために軍の南下を始めるらしい。上の四人はすでに生涯契約の魔獣を持っているが、それらでは帝国の〈漆黒の槍（やり）〉に太刀打ちできない。だから、何とか今度こそ強い魔獣を召喚してほしい』

フィッツ帝国には強大な魔法力を持った皇子がいるという。〈漆黒の槍〉と呼ばれる皇子に対抗できるだけの魔獣を召喚しなければ、クランベル王国は滅びると告げられた。

――曲がる魔法力では成功の望みは薄いわ。

いままでに召喚したのは、『ウサギ系』や『鳩のような』といった弱い魔獣ばかりだった。それはそれですごく可愛かったが、戦闘には向かない。

一度の召喚では一体しか呼べないし、召喚契約を解除しない限り、次の魔獣は呼べない。生涯契約は死ぬまでの結び付きだから、姉たちに新たな魔獣はもう召喚できないのだ。

一度呼ぶと一年は手元に置かねばならない規則がある。その間に国が亡ぶかもしれないのだから、やり直しはきかない。

重圧がすごい。といって、潰されるわけにはいかないのだった。

――しっかりしないと！　王家の五番目の王女で、秘儀をまともにこなせない私にできるのは、命を賭けてでも強力な魔獣を呼び寄せることなのよ。

ノックの音に物思いから引き戻された。

ラナが訪問者を確認する。

「お時間です。国王陛下の侍従が呼びに来ました」

「行きます」

きゅっと唇を引き結んで歩き始めた彼女は、すぐに口元に笑みをたたえる。

〈あまりもの姫〉と陰で呼ばれる自分の立ち位置を理解してからは、なにがあろうと、なにを言われようとも、笑顔で対処できるようにと鏡を見ながら笑う練習をした。

少なくとも、両親や姉たちには大切にされてきたのだから、いまこそ。

――いまこそ、与えられた愛情を返すとき。

ぐっと腹に力を込めてマリーナは長い廊下を歩んで行き、召喚魔法を実行する大広間に入る。

廊下で頭を下げる貴族や王宮の使用人たちが小さな声で言っていた。

『〈あまりもの姫〉に頼るときがくるなんて』

『期待はできませんな』

大広間に入ってさえ同じ言葉の数々を囁かれているのは承知の上で、マリーネは口元に載せた笑みを消すことはない。

大広間には奥の玉座に父王が座り、隣の椅子に母王妃が座って彼女を待っていた。

神官たちが大きな円を中心にして円周の位置で間を開けて立ち、内側に場を作っている。その外周には魔法力が少しでもある貴族たちが年輪を重ねた木の断面のようにして立っていた。

すでに嫁いでいる上の姉たちと、結婚相手物色中の下の姉たちもいる。

それぞれが召喚して契約を結び、一年以上過ぎたのを機に、互いの命が尽きるまで共闘する誓いを立てた生涯契約の魔獣たちもそろい踏みだ。

すべては、円の中心で魔法を発動するマリーネの手助けをするために、この場に集まった。

マリーネは両親への挨拶を済ませて大きな円陣の中心に立つ。

深く息を吸い込んで吐くと、唇を噛みしめてから召喚魔法を唱え始める。

《マリーネ・クランベルは、いまここに召喚する》

場が構成された床に、彼女を中心にして光を放つ魔法陣が描かれる。そしてその上部に、宙に浮いた新たな魔法陣、さらにはもう一つが肩の高さで巻いてゆく。三重だ。

《来たれ、魔獣よ。わが望みは強い魔法力を持つ存在。来たれここへ》

黄金の光を発する魔法陣は珍しいというが、結果として曲がってしまうのでは役に立たない。

《来たれ、来たれ。強い獣よ。わが国と人々を守れるだけの力を持った存在を、マリーネ・クランベルが呼んでいる。来たれ、ここへ、私の下へ……》

マリーネのストロベリーブロンドが、いつもよりも赤味を帯びて浮き上がって靡く。

薄く開いたマリーネの両眼から覗くのは青い瞳だ。

サファイヤブルーと謳われ、海の、空の色を載せた瞳がはるか遠くを見つめる。

《私の呼び声に応えて。来て。私のすべてを捧げると約束する。来たれ、最強のもの――》

そして――来た。彼女が願った通り、国も民もそして彼女自身をも守れる者が。

沈黙の空気を破って、緊張していた周囲がざわめく。

「影が揺らめいています。どんな魔獣が……、人型ですわ！」

「なんと！　人型など、ここ数百年誰も召喚した者はいないぞ。魔人か？」

「人型は危険だ。魔王に近い。よほどの魔法力がないと上手く契約を結べない」

「人型では災厄まで呼び寄せたも同然！　で、ですが、中途では止められませんっ」

口々に叫び始めた。唸りのような周囲の言霊が大きくなる。

「大失敗だ！　だから、末姫様には難しいとあれほどご忠告申し上げたものを！」

大臣クラスの一人が言った。マリーネの耳にも『大失敗』の一言は届き、びくりと肩を震わせた彼女はそれでも止めることはなく、最後の一言を終える。

《来たれ！　わが下に！》

詠唱を終えたマリーネは、魔法陣が浮き上がった状態で彼女の目の前に立つ者を凝視する。

一人の男が立っていた。

背中の中ほどまである黒髪を肩のところでゆるりと一つに括っている。

彼女は唖然と呟く。

「……魔獣？　魔人？」

人の形をした魔獣も、魔界の住人である魔人も共に〈人型〉で括られるが、魔人の魔法力は他の追随を許さないほど強力だった――と資料や歴史書には残っている。

召喚者の魔法力は、ほとんどの場合魔人より小さく、きちんとした召喚契約を結べない。

契約でその力を制御できなければ、魔人は魔獣よりも危険な存在となって暴れ、人々にとっては災厄となってしまうのだ。

そんな〈魔人〉を、マリーネは呼んでしまったのだろうか。

彼女の疑問に対して、男は朗々たる声音で答えてくる。

「違う。私の名は、イリス・デュエル・フィッツ。フィッツ帝国のただ一人の皇子だ。人は私を〈漆黒の槍〉と呼ぶ」

大広間に驚嘆の声が轟く。

父王は玉座からすべり落ちるようにして立った。母王妃は目を見開いていまにも倒れそうだ。

「私をここへ召喚したのはお前か？　名は？」

反射的に答える。

「マリーネ・クランベルです」

「マリーネ。よくぞ呼び出してくれた。契約を結ぶぞ。お前は召喚者となって私を縛れ」

こちらへ向いた顔が素晴らしく整っているとか、背が高くすらりとしていて黒い衣服がよく似合うとか、銀色の肩マントが鈍く光っているようだとか。

そういったすべてを超えてマリーネの心と体を大きく揺さぶったのは、こちらへ向けられたイリスの両眼だ。

――オッドアイ……。

右目が青、左目が黄金色だった。

――取り込まれそう。

心臓がどきどきと鼓動を早める。

「マリーネ、私の名を呼べ」

笑顔なのだろう。

「お前をわが主と認める、マリーネ」

尊大に言い放った彼は、満足そうに笑った。周囲を圧する雰囲気を放ちながら、なんと明るい笑顔なのだろう。

「……イリス」

イリスは、ふらついて後ろへ下がろうとしたマリーネに向かって右手を差し出した。

「これで、召喚者と召喚獣の契約は成立した。そうだろう？　クランベル王家の資料には、契約は召喚後に名前を呼び合い、召喚獣が召喚者を主と認めること。そうだったな？　……もっとも私は魔獣ではないが」

眩暈がする。ぐらぐらと床が揺れる感じだ。命の限りと魔法力を放ったからだろうが、この状況に頭がついていかない。

――オッドアイに取り込まれたわ。

マリーネはイリスの腕の中に倒れ込む。

――そうか、これが一目ぼれ……？　まさか。でも。

ぐるぐると回る意識を持て余し、マリーネはそっと目を閉じた。

第一章　この召喚を大失敗としないために

暑く寝苦しい夜……ではなく、秋の気配がわずかに近づいてきた夜を抜けて、クランベル王国の第五王女マリーネが目を覚ますと自室の天井が見えた。

――？　いつの間に眠ったのかしら。昨日は……。召喚？　大失敗の……。

眩暈を起こしたところまでは、はっきり記憶にある。召喚獣と同じようにして、フィッツ帝国の皇子イリスと契約を結んだことも覚えていた。

ゆっくり起き上がると、あの勝負ドレスではなくナイトドレスを着ていたから、自分の部屋へ戻って着替えをしたのだろうと予想する。

どうやって大広間から戻ったのかは不明だ。

――皇子殿下は？　本当に本物だったの？　偽物っていう可能性もあるわね……。

しかし、イリスの名で彼女と召喚契約を結んだのだ。マリーネとしては彼の言葉を信じる。

――私は召喚者だもの。

召喚者は信頼を基軸にした魔獣との絆をなによりも重要視すること、と教えられている。

ベッド端からそっと足を下ろすと、足裏は絨毯（じゅうたん）ではなくなにか硬い物の上に乗った。

「え？　なにかある？」

足先を見ると、いましがた考えた人物が床に横たわっていた。

ぎょっとしても、口元を両手で押さえて叫び声を出なかったのは上出来だ。大騒ぎになるのを防げた。

マリーネは丸くなった目で、まじまじと足の下を眺める。

――床の上で寝ているの？　どうして？

この部屋にあるクッションを枕にして横になり、片方の肩に掛けていた銀色のマントを被っている。括りを解いた黒髪が散らばっていて、マリーネそれに目を引かれた。

――綺麗な髪。本当にまっすぐなのね。しなやかな感じだわ。

肩から前へ落ちている部分と、身体の線に沿ってさらさらと撒いたようになった髪が身体に掛かっている。毛先がすぐに縺れてしまう自分の髪とは大違いだ。

鼻筋の通った横顔にも見惚れた。

――睫、長い。オッドアイだったのよね。もう一度見たい。右が青で左が黄金だった。

彼女は硬直したようになって動けないでいた。

すると、イリスの両眼が開かれて、上の方になるマリーネを鋭くぎらりと睨む。

「いい加減、足を下ろしてくれないか。まさか、これほど見事に踏みつけられるとは思ってもみなかったぞ。これも、召喚契約の儀式とか言うのではないだろうな」

「あっ、ご、ごめんなさいっ」

マリーネはすぐさま足を引き、その勢いでベッドの上で立とうとした。

いつも自分に言い聞かせているのに、物事が急展開するとつい焦って慌ててしまう。

皇子殿下に対して大変な無礼を働いてしまったという思いや、床の上に寝かせていた現状がぐるぐると頭の中を回る。

彼女の急激な動きに対して、スプリングの利いたマットが当然のようにバウンドした。

体勢を整えきれなかったマリーネは、ナイトドレスの裾を踵で踏みつけて、あお向けに転んでしまった。

「きゃっ」

彼女を教えてきた博士たちの評価では、マリーネは直感力に優れているものの、結論を出すのが早く、行動に移すのも早すぎて周囲を見極め切れていないから、失敗しやすい。

一言でいうなら、〈あわてんぼう〉の気質だそうだ。概ね当たっている。

幅広のベッドに助けられ、彼女は仰向けで倒れても向こう側に落ちなかった。

「おい。大丈夫か？」

透き通ったような声で、イリスに問われる。

後頭部を打ったわけでもなく、ベッドの上でひっくり返っただけなので平気だ。

声の方へ顔だけ起こすと、立てた両膝の真ん中から、上半身を起き上がらせたイリスが見えた。

マリーナの顔がざぁ……っと赤くなり、次には青くなる。

――ドロワーズ！　穿いてないっ！

素晴らしい勢いでリネンに膝を下ろし身体を起こしたマリーネは、ぱたぱたとナイトドレスの裾で脚を隠してからイリスへ顔を向けた。

蚊の鳴くような声で問う。

「み、見た？」

「見た」

簡潔な答えに、マリーネの顔は一瞬でぼんっと上気した。そしてがっくり項垂（うなだ）れる。

――これでもう、結婚相手を探すのは本当に無理になったわ。分っていたことだけど。分かり切っていたことが、はっきりしただけ。

魔獣を召喚した場合、互いの絆を強めるため、常に手元に置いておくのは普通だ。

知能が高く己の意志が明快なものほど、そして持っている魔力が強大であればあるほど、契約だけでは召喚者の命じるままに動かすのは難しい。

契約者の魔法力が弱いと、契約そのものを振り切って暴れてしまう『災厄』と呼ばれる事態になる。だからこそ、絆の大切さが説かれる。

そのため、魔獣と寝室を同じくすることもクランベル王宮ではよくある――のだが、マリーネの場合、相手が魔獣ではなくフィッツ帝国の皇子というところが大問題なのだった。

上半身を起こしていたイリスはそのまま立ち上がり、身体を包んでいた肩マントの埃（ほこり）を払ってから、肩にある宝石で留めた。

ばさりと背中側へ払う動作が格好良くて、マリーネは薄く口を開けて眺める。

自信にあふれた見事な立ち姿は、まさに召喚の大広間で眺めた皇子殿下だった。

すらりと伸びた姿勢としなやかな動き、そして、契約した時点でマリーネが感じ取った膨大な魔法力とそれを操れるだけの精神の強さが、全身を覆う雰囲気に現れている。

うっかり見つめてしまったとして、誰がマリーネを責められるだろうか。

ただ、見掛けとは裏腹に彼は眉をわずかに寄せて困った表情をしていた。

「すまん。冗談だ。丸っこい膝は眺めたが、布が多くて奥まで見えていない」

「そ、そうですか。――ひどい冗談！」

ほっとしたので、つい責め立てる口調になった。

イリスは笑う。フィッツ帝国のたった一人の皇子はこれほど笑う人物なのだろうか。噂(うわさ)とはずいぶん違っている。

マリーネとしては冗談でも笑えない。彼女は溜息と共に呟く。

「人が聞けば、冗談ではすみません。寝室で一夜を共に過ごしてしまいましたから、これで私の嫁ぎ先はもうありませんね……。いえっ、それは私の事情なだけで、皇子殿下のせいではありませんけどっ」

「事情？　どういった事情だ。私に解決できるものなら手を貸すぞ。お前と私は召喚者と召喚獣だろう？　契約以上に精神的な絆が大切なら、互いの事情は明快にしておくべきだな」

イリスはそう言うとベッドに腰を掛けて、隣で座り直した彼女の顔を覗(のぞ)き込(こ)んできた。近い。マリーネは思わず上体を引いて強烈なオッドアイから距離を取る。

王家の秘儀である以上、召喚魔法の詳細は伏せられているはずなのに、イリスはずいぶん多くの情報を掴んでいた。しかも間違っていないのだから驚く。

イリスを召喚獣と同じにはできないとはいえ、この際、絆は本当に大切だ。

彼は〈漆黒の槍〉と呼ばれるほどの攻撃魔法の使い手なのだから、召喚契約で魔法力を縛れるなら、帝国の最大の脅威を避けられる。

もちろんそれだけでなく、マリーネは召喚者としての義務を果たしたかった。

彼女は、イリスとの絆をより強固にするために、己のことを話し始める。

「……私の事情は、〈あまりもの姫〉という一言に尽きます」

四人の王女が生まれそのあとの五番目の子供となれば、今度こそ王子を望む声が高くなっても無理はない。それなのにマリーネが生まれ、周囲はずいぶんがっかりしたようだ。

それればかりか、七歳のころに、マリーネの持つ魔法力は発動時に曲がると言われた。

小魔法も失敗ばかりで、王家の秘儀〈召喚魔法〉も上手く扱えない。

まさに〈あまりもの〉ではないか。自分でもそう思う。

姉たちはマリーネに対する陰口を許さないので、却って問題が大きくなることもあった。

それを防ぐためにも、どんな言葉に対しても笑顔で返せるように、少女のころから微笑む練習をした。けれど、コンプレックス塗れの本質は変えられない。

——王家の姫でも、国の内外の貴族から見ればただの〈あまりもの〉だものね。王女に相応しい結婚相手を探すのはもう無理だわ。魔法因子を持つ血筋とクランベル王家の名前を守るためには、いっそ結婚などしない方がいいのよ。

だから、いずれ修道院へ行くことを考えているし、それは長い間に培われた決心だった。

昨日出逢ったばかりで先行きも不透明だから、イリスにそこまでの説明はしない。

それでも、姉たちに話していないことも口に出した。信頼を渡し、信頼を得るために。

「皇子殿下は、この先どうされるおつもりですか？」

「イリスと呼べ。私もマリーネと呼ぶ。名前で呼び合う方が召喚獣との絆が強まると聞いたぞ」

「本当によくご存じですね。召喚魔法の詳細は隠されているはずなのに」

「はっきり言って、クランベル王宮は魔法力に対する防御がかなり低い。フィッツ帝国の魔法士軍団からすれば情報など集め放題だ」

これでは攻め込まれたらひとたまりもない。マリーネは唇を噛んだ。自分の召喚魔法の失敗は、国と民にどれほどの痛手を被らせることか。

イリスは彼女の思いを他所に、天井へ目をやって笑い始める。

「しかし、驚いたな。曲がってしまう魔法力か。お陰で皇帝城から引っ張り出された。いまごろエリックがどういう顔をしているか、ぜひ近くで見たいものだな。お前の魔法力は基本的に強力だぞ。曲がりさえしなければ」

「エリック？」

「フィッツ帝国の宰相だ。このありさまを知れば、ひっくり返るのは間違いない」

そして彼はさらに爆笑する。

マリーネは、身体を揺らしている彼を唖然として見た。

どちらかと言えば、黙考している姿が似合いそうなのに、これほどすんなり大笑いをするとは驚きの光景だ。

伝え聞く皇子の噂でも、『冷静沈着』で『冷酷』で『非情』で『感情を表に出さない』など、恐ろしい内容ばかりだった。

「宰相……。どういうお方なのです？　イリス」

おずおずと名を呼んだ。

イリスはぴたりと笑うのをやめ、冷静というに相応しい表情で彼女へ目線を向ける。

じっと見られて、マリーネは鼓動が速くなったのを自覚した。

――この眼は危険だわ。私には特に効き目がありそう。……綺麗。

頭の中が次第に熱くなってきて困ってしまった。

彼は硬い声音で告げる。

「私には私の事情がある。互いのために、この召喚は役に立つぞ。いずれ詳しく話すが、まずは、腹ごしらえがしたい。それと着替えに、風呂だな」

はっとする。

「そういえば、私の寝室へ案内したのは誰でしょうか。お姉さま方は、きっと反対されたと思うのですが」

「覚えていないのか？　私を寝室へ入れるのを許可したのは、マリーネ、お前自身だ」

「は?」

「私を守るためだろうな」

彼は、目を細めて最後の一言を囁くように口にした。

どこか艶のあるその声や視線に晒されて、マリーネの鼓動はますます速くなる。

彼女は早い瞬きを繰り返しながら、大騒ぎになった広間の様子を思い出してゆく。

——イメルバ姉さまが『捕らえなさい! 本物かどうか確かめねばなりません!』と言われたのよね。それで衛兵たちが彼に向ってくるのが見えたんだわ。

イメルバは、王女たちの最年長であり、息子が王位を継ぐことが決定しているので王宮内では次期国王の母親だ。誰もが一目置いて、その命令には従う。

ちなみに、イメルバの双子の妹がアメルバ、下の双子の姉の方がルミア、妹がミルティという。

大昔の資料によると、召喚されたものには、姿を変えられる魔人や人型の魔獣もいた。魔人は、知能が高く嘘を吐けるし、魔力も絶大だ。

ただ、召喚された直後ではこちらの世界の知識はなく、姿を擬態するのは無理だとされる。

従ってイリスに関しては、名乗りが正しいのかどうかが、なにより問題だったのだ。捕らえて確認するというイメルバの判断は正しい。

しかし、マリーネは召喚者だから、まずは信じるところから始める。

あのとき。

イリスに抱き留められながらマリーネは周囲に向かって声を上げた。

『彼に手を出さないで！　私は召喚者。契約も成立しました。召喚者に課せられた災厄防止のための三つの義務により、私は彼を守らなくてはならないのです！』

『マリーネ。契約を解除しなさい。帝国の皇子なら〈漆黒の槍〉。そうでなくても、人型なのよ。危険な存在なのは間違いないわ』

『イメルバ姉さまっ、契約を解除すれば、彼は魔法力を自由に扱えます。いまなら、召喚者の私が許可を出さない限り、魔法力は縛られる。契約を解除する方が危険です』

『ではそのまま動くなと命じなさい』

『いいえ。イリスは私が守ります！　私が呼んだのですから。お姉さま方は手を出さないで。名乗りが嘘かどうかは、召喚契約によって私が確かめられます。お願いです。どうぞ、私に召喚者として失格の烙印を押さないでください』

懇願していた。召喚者として失格する――それは王家の者ではないということだ。

イメルバもマリーネの苦しさを知っているから動きを止めたのだ。

イリスがマリーネを横抱きにして歩き出し、その行き先をぼんやり示したのは彼女自身だった。

彼がマリーネを運んで、居室のベッドに下ろされる。

そのあとは……、思い出せない。気づいたら朝だった。

召喚魔法には、召喚者と魔獣の間で交わされる契約によって、魔獣には三つの縛りが生じ、召喚者には三つの義務が課せられた。

縛りは、『魔獣は召喚者の命令に従う』。『魔獣の魔法力は召喚者の許可がないと発揮できない』。

『契約の解除には双方の合意が必要。ただし無理やり解除するのは可能』の三つだ。

無理やりの解除に至るのは、召喚者の魔法力が足りない場合や、召喚獣の意志をあまりにも阻害したときなどで、過去には何度もあったらしい。

契約を引き千切った魔獣は魔界に帰らずに暴れ、災厄となる。

収めるためには、魔法使いが何人も掛からねばならず、犠牲もたくさん出たという。

それを避けるために、召喚者は三つの義務を負う。

一つ『召喚者は召喚獣に食べ物と居場所を与える』。

二つ『命の危険が迫るときは共闘する』。

三つ『双方の合意による解除には、およそ一年間を費やすこと。その間に絆を構築する』。

召喚契約を解除するための時間を一年として、召喚者には心を通わせる努力が義務化された。

互いの了解の上で解除すれば召喚獣は納得して、自ら己の世界へ戻るのだ。

三つの縛りと三つの義務によって、クランベル王家の秘儀は成り立ってきた。

――そのことも、イリスは知っている気がする。

マリーネはイリスを見上げた。

「分かりました。召喚者は召喚獣の食事と居場所を提供しなくてはなりませんものね」

「召喚者の三つの義務だな」

――あぁ、やはり知っている。敵にしてはいけない人だわ。

「その前に一応確認しますが。あなたは本当に帝国の皇子イリスなのですね?」

「間違いなく、そうだ」

契約を結んでいるので嘘は通じない。ほっとしたマリーネは彼のために考える。

食事に部屋、イリスの場合は衣服と入浴の手配、他になにが必要だろうか。

「すぐに用意させます。少々お待ちくださいませ」

ベッド端から立ち上がったマリーネの後ろ手をイリスが掴んだ。

イリスは、振り返った彼女に楽しげに言う。

「敬語はいらない。お前は私の召喚者だ。必要があれば命じればいいし、普通に話してくれ」

他国の皇子だから敬語をなくすのは却って難しい。

といって、召喚者と召喚された者なら、絆のこともあるので普通に話す方が適切だ。

――混ざってしまいそう。

戸惑う彼女に、イリスは強い調子で言う。

「お前は私を皇帝城から出した。そして守ろうとした。共闘するぞ。この召喚を大失敗などと、誰にも言わせない」

頭の中で彼の迷いのない言葉が鳴り響く。

『この召喚を大失敗などと誰にも言わせない』

一瞬にして、それはマリーネの望みとなって心のうちに定着した。

そのために自分もできる限りのことをしようと決心する。

早い決断は彼女の特質だったが、この件に関しては絶対に後悔しないと言い切れた。

マリーネは真剣な面持ちになって彼に問う。

「共闘になるのは、イリスの事情が関係するの？　あなたのためにもなるのね？」

彼の両眼がなにかを見据え、遠くを見つめる様相になった。一体なにを見ているのだろう。

イリスはふっと一息吐いてから、マリーネを見つめて真摯に答える。

「そうだ」

「……分かりました。では、まずは食事ですね」

彼女としては、速まっている鼓動と成り行きの意外さでとうにお腹はいっぱいだったが、イリスはそうもいかないだろう。

そこでようやく手が離されたので、マリーネは廊下へ出る大扉のところまで行って、外に立つ衛兵に侍女のラナを呼ぶよう言った。

すぐにやって来たラナは、イリスに頭を下げてからマリーネの言いつけ通り、下の者たちに指示を出した。

最後に、マリーネへの伝言を伝える。

「国王陛下がお呼びです。食事のあと、陛下の執務室へ来られるようにとのことでした」

「着替えをしたら行きます、と使いを出して。食事はイリスの分だけでいいわ」

「マリーネ。食べた方がいいのではないか？」

「お腹は空いてないから、いいの」

イリスは軽く眉を潜めた。

「ちゃんと食べないから、身長が伸びそこなったかもしれないぞ」

面と向かって背丈のことを言われた。怒りよりも軽妙な言い方に笑ってしまう。彼にとって彼女の身長など大した問題ではないらしい。

「背を伸ばしたくてたくさん食べたときもありましたが、背は伸びずに丸くなったのでやめたのです。本当にお腹はいっぱいですから。……心配しないで、イリス」

イリスは顎を引いてわずかに目を見張る。そして微笑んだ。

心配する気持ちから言ってくれたと感じたのは、間違っていなかったようだ。

彼の微笑に押されて衣装室へ向かった。あとのことはラナが的確に彼の要望を叶えてくれるだろう。ラナは前向きで働き者、おまけにとても有能な侍女なのだから。


昼間用として、薄いレモンイエローを基調としたドレスに着替える。髪も結い、飾りを付けると、正装に近い姿になった。

父親の執務室へ向かう。廊下を歩く最中、すれ違った貴族や王宮に仕える者たちの好奇の目が降り注ぐが、前を向いて気にしないふうを装う。

やがて執務室へ到着する。侍従の誰何を経て入室した。

執務室の続きになる上質な会議室へ通されたマリーネを、長方形の会議机の端に着席する父王と、角を挟んだ隣に座る母王妃の二人が待っていた。

母親の向かい側の椅子へ促された彼女は、両親へ挨拶をしてから腰を掛ける。

侍従長が飲み物を運んで退出すれば、そこにいるのは両親とマリーネだけになった。

いつもの慈愛に満ちた父親ではなく国王の顔をしていたから、マリーネも自然と緊張を高めたところで、父王がおもむろに話し始める。

「今朝の会議でみなと話した。まずはフィッツ帝国の皇子だと名乗ったから、本当かどうかを確認し合った。彼を見知っていた者もいてな。皇子本人ということで緘口令を敷いた」

「私の方でも確認しました。嘘ではありません。それで、皇子殿下がここにいることを、帝国へは知らせないのですか？」

マリーネが訊けば、父王は重々しく答える。

「なにが引き金になってことが大きく動くか分からない以上、向こうへ知らせるのはまだ早い。暗殺を主張する者もいたが、安易な手段だからと止めた。皇子で間違いないのなら、このまま召喚契約を強めるのが最善の方法ではないかという意見で纏まった」

「えっ。契約を強固にする……とは、……あの」

召喚魔法で人型を呼んだ場合の対処方法は決められている。

召喚者が王子だった場合は知らない。王女だった場合、災厄を防ぐために人型への供物になる。

父親は一息入れた。とても話し難そうだ。隣にいる母親が言葉の先を取って続ける。

「これは好機であるというのが会議での結論です。皇子は人型ではなく、人なのですから」

「好機……ですか」

「そうですとも。彼は独身です。あなたが召喚者として信頼や絆を深めれば、結婚も可能でしょう？　イリス殿下の妻になり、進軍して大陸を制覇しようとする帝国の計画をやめさせなさい。少なくとも、わがクランベルにだけは攻め入らないようにと……」

ガチャンと大きな音を立てて、マリーネは手に持っていたカップを机の上に落とした。喉が渇いたのでほとんど飲んでしまっていたから、紅茶がわずかに零れただけで済んだ。

マリーネはそれに目を向けることもなく、母親を凝視する。

「妻？　イリスの？　供物になるというのは……」

「供物といっても、食べるわけではありませんよ。同じベッドで横になっていれば、いずれ深いつながりになるというか。人型相手なら、伴侶とも言い換えられるということです」

「……あの、お母様？」

「今回は人型ではなく人、それも帝国のたった一人の皇子！　いずれは皇帝です。その妻なら皇妃でしょう。子を産みさえすれば地位も盤石、次期皇帝の母にもなれる！」

「王妃、ちょっと待ちなさい。マリーネの気持ちの問題もあるから、ことは性急に進めない方がいいと話し合ったではないか。特にあの皇子は、冷たいとか冷酷非道などという噂ばかりなのだから、夫とするにはつらい相手かもしれないのに」

まなじりを上げた母親は父親をきっと睨むと、早口でまくし立てる。

「悠長なことは言っていられません。どのみち同じ寝室ですでに一夜を共にしています。緘口令で帝国の皇子だという情報は伏せられても、人型を召喚したのは王宮中に知れ渡っているのですよ。一晩を共に過ごしたのもね」

「で、でも、なにもありませんでした！」

さすがにマリーネは反論した。

母親は鋭さを増した視線で、マリーネと父親を交互に見やる。

「……あってもよかったということです。このままでは、あなたの結婚相手にまともな者など望めないでしょう。この際絶対に、イリス殿下には夫になってもらいませんと！　マリーネのためにも！」

母親なら、五人も娘がいれば嫁ぎ先に苦慮するのも無理はない。

特に、夫になる相手に求める条件が多い場合は。

最低でもある程度の地位と財産があり、年齢が釣り合う相手で、王女の夫として王家に歯向かわない者、しかも秘儀の魔法力因子を持つ子供が生まれることを期待しない者となれば、見つけるのがそもそも難しい。

マリーネとしては、すでに自分の結婚などは諦めていたし、時がくれば修道院へ行くつもりだ。

そのために簡単なお菓子作りを料理長から習っている。

修道院でのバザーのためにクッキーを焼く。それがマリーネの描く自分の将来像だ。

父親が母親の暴走をとめるべくおずおずと口を挟む。

「いや、しかし。皇子殿下の意向もあるから」

「彼と話しましょう。フィッツ帝国へ帰国する算段をつけるのと引き換えに、結婚の約束を取り付けて婚約者となるのです。一年は召喚契約を解除できないことになっていますから、その間に、契約を強固にして、何としてでも結婚式まで辿り着くよう――」

「お母様！」

とうとうと恐ろしい計画を語る母親の言葉を遮ってしまった。

別に母親が策略家というわけではない。今の提案も他の貴族たちのようにマリーネを『どうせ〈あまりもの姫〉だから、どうなってもいい』と考えての主張ではないと信じている。

王妃として国と民を思うからこその言葉であり、戦いを避けたい一心から生み出された計画だろう。そこにマリーネの幸福を願う気持ちがないとは思わない。……たぶん。

このときマリーネの脳裏に過ぎったのは、イリスの言葉だった。

『この召喚を大失敗などと誰にも言わせない』

彼女の望みを代弁している。そして彼自身にとっては。

『私には私の事情がある。互いのために、この召喚は役に立つぞ』

彼の役にも立つなら、押し進めてもいいのではないかと思えた。

イリスも言っていたではないか。『共闘するぞ』――と。

深呼吸を一つしてから、マリーネは両親へと順に目線を向ける。

「お父様、お母様。おっしゃることは分かりました。結婚については私からイリスに話します。ですからどうか、みなで彼を取り囲んで説得などということはなさらないでください」

カップを取り落としたものの、落ち着いた調子で話せたと思う。

父親と母親は顔を見合わせた。父親は、最後に親の顔で言う。

「分かった。殿下に提案するのはおまえに任せよう。国王としては国と民を一番に考えねばならないが、父親としては、マリーネの幸福がもっとも大切だ。どうしようもなくなったら、言ってきなさい」

「……母親として言うなら、国よりも娘の方が大切よ。ここだけの話だけどね」

マリーネは父の言葉に目を潤ませ、母の言葉にぷっと吹いてしまった。

「お母様ったら……。昔、王宮で内緒話はできないとおっしゃっていましたのに。ご本心を聞かせてくださいましてありがとうございます。お父様、ご心配をおかけします。頑張りますね」

笑う。これは練習したものではなく、心から溢れ出た笑みだった。

自分を愛してくれる家族のいることが幸福でなくてなんだろう。その上に、愛し愛される夫を望むのはとても贅沢な気がした。

国王の執務室を出て自分の居室へ戻るとき、廊下の窓から眺めた外の景色が昼間だからという以上に、とても明るく感じた。

――開けてゆく感覚？　道ができていく感触、かな。

厳しい現実が目の前に横たわっているのは少しも変わらない。

その証明のように、マリーネの後ろには衛兵が二人ついている。

こういう規則になったのはつい最近で、フィッツ帝国が南へ進軍するという一報が入ってからだ。それまでは、王宮の中を自由に歩いていた。

彼女は振り返ってその二人に伝える。

「部屋に戻る前に庭へ出るわ。何だかとても気持ちが引かれるの。どちらかが付いてきて、もう一人はイリスの様子を見てきてちょうだい。すぐ戻るからって、伝えて」

衛兵の一人が頭を下げて離れていった。

マリーネが一階に降りて渡り廊下から外へ出ると、午後一番となる陽(ひ)が彼女を包む。中庭の中央を突っ切って作られている小道を歩いた。

空気は澄んでいて空は高く、もうすぐ秋が来るという気配をいたるところで見つける。

――いい気持ち。イリスにも王宮内を案内しよう。そうだ、東屋(あずまや)で話をするのはどうかしら。誰かに聞かれる心配もないし。〈音声遮断魔法〉は、私にはうまく使えないもの……。

イリスならできそうだ。あの魔法があれば部屋でも構わない。

そのときは、イリスの魔法力の縛りをマリーネが一時的に解くことになる。

――彼は、皇帝一族が持つ秘儀を扱うのね。

諸国の勉強をしているときに、各国の王族が有する秘儀についても学んだ。

その中でも、帝国の皇帝一族の秘儀は、強力にして強大であり、しかも攻撃性に優れているから最重要の要注意魔法力だと教えられた。

――〈変形固形化誘導魔法〉……だったわね。

変形と固形化と誘導という三つの魔法を、単体で、あるいは組み合わせて操る。

水、土、木々など、周囲を取り巻くあらゆるものを材料にして望みの形に変形したうえで固形化する。それを誘導して自由に動かせるというものだ。

人によって材料にできる物の区別もあれば、大小の別もあるらしい。

皇子イリスは、あらゆるものを変形できて、固形化で限りなく硬くすることも可能だとか。

武器に変えて使うこともあれば、浮かせて当てたりできるらしい。

すさまじい魔法力だ。

マリーネはふと思う。

――もしかしたら、彼なら、私の魔法力がなぜ曲がるのか分かるかもしれない。

曲がるのを修正できれば、少しは自分に自信が持てる。

あれこれ考えながら歩いていると、突然、聞きなれた声が耳に入ってきた。

「だから！　私たちの可愛い妹を簡単には渡せないのっ。ご自分の噂をご存知？　本性を見せてもらうわ。多少の怪我は覚悟してくださいね。マリーネの後ろには私たちがいるってこと、実感していただきます。いくわよっ」

少し先へ行ったところに、中心に噴水を設えた開けた場所がある。周囲を見回せば、どうやらそちらから聞こえてきた声だ。

——ルミア姉さま？　相手は？　いくわよ……って、召喚獣をけしかけるってこと？

下の双子、ルミアとミルティのうち、王家の三女になるルミアの声だった。

ルミアがいるということは、恐らく四女のミルティも一緒だ。

——イリス！

マリーネは走り出す。

ヒールが高いのが邪魔になるので途中で靴を脱いでしまう。

全速力で駆け、小道を曲がった先で、岩で組んだ池と、池の中心に設置された噴水を背にして立つイリスの姿を見つけた。

彼の正面には、予想通りルミアとミルティがいる。双子らしく見掛けはそっくりだ。

二人の頭上には、それぞれが召喚した魔獣が飛んでいる。

どちらも翼のある怪鳥で、緋色(ひいろ)が混じった黒色主体の大型がルミア、白い中型がミルティの魔獣だ。

イリスがルミアたちに忠告する。

「いいのか？　私は召喚獣の立ち位置にいるのだろう？　マリーネの召喚を台無しにして、王家の秘儀を扱えない者という烙印を押すつもりか？」

静かに話すイリスは落ち着いたものだ。

彼はいま、マリーネの許可がなければ魔法力を発動できない状態なのに、逃げる気配もない。

噂通りの冷静沈着さが漂う。

駆け寄ってゆくマリーネは姉たちに向かって声を張り上げた。

「おやめください、小姉さまたち。彼は帝国の皇子であると同時に私が召喚した者なのです。帝国の皇子であるのは、お父様たちも認められました」

「マリーネ。だからこそよ。冷静で冷酷で非情。そういう噂を持つ男の正体を見極める必要があるわ。あなたの夫になるかもしれないのだから」

両親の話は、すでに姉たちの知るところだったようだ。

ルミアが片手を上げてイリスに向かって振り下ろすと、彼女の召喚獣である怪鳥が彼に向かって飛ぶ。

鋭いくちばしは致命傷を与えられるが、暗殺はできないからギリギリで避けるに違いない。

しかし、怪鳥は人を乗せて跳べるほどの大きさがあり、目的に向かうときは目にも止まらぬスピードになる。勢いづいていれば止まるのは難しいはず。

駆け寄るマリーネよりも早く彼に到達した怪鳥だったが、イリスは寸前でくちばしを交わして身を伏せた。怪鳥は彼の後ろにあった噴水を砕いてまた飛び上がる。

よく避けたものだと感心している暇はなく、すぐさまミルティの白の怪鳥が襲い掛かる。

この二人は組んで怪鳥を操る。大きい方が小さい方の動きを隠して絶対に避けられないようにしていた。

「イリス！」

一声叫んだマリーネは、白の怪鳥とイリスの間に入り込む。

「マリーネ！」

イリスとルミア、ミルティの三者の声が重なって響いた。

マリーネは両手を広げてイリスの前に立ち、白の怪鳥を目の前にする。

いまにもくちばしが届くかと思われたときに、ミルティが両手を上げた。すると、白の怪鳥はふっと消える。

クランベル王家の秘儀の中には手の動きによって魔獣を操る方法があり、四人の姉はみなそのやり方をしている。

手の動きばかりか言葉でも操れるのは、上の姉たちが召喚した四つ足の魔獣だったが、いまここにいないのは幸いだ。怪鳥以上に強力な魔力を持っている。

ぎりぎりのところまで来た怪鳥を、彼らの魔法力を利用して瞬時にこの場から他所へ飛ばしたのだ。初めからそのつもりがあったから準備もなくできた。

しかし、姉のその思惑は予定でしかなく、なにが起こるか分からないのに、マリーネは彼に向かう危険を見て見ぬふりはできなかった。

最初に飛び掛かった大型の怪鳥もいつの間にか消えている。

ルミアも、ミルティも、マリーネもみな大きく息をしていた。

早い息遣いも収まらないうちに、ルミアがマリーネを叱責する。

「危ないでしょ！　ギリギリまでやらないと人となりは分からないのよ。背を向けて一目散に逃げるとか、契約を引き千切って魔法力を見せつけるとかね。あなたがそこへ跳び込んでどうするの。本当に危ないのだから、こんなことをしてはだめよ！」

「小姉さまたち、お願い。彼を追い込んでまで試すのはやめて。お父様たちから話を聞きました。私はそれでいいのです。イリスには私からきちんと、結婚の話をしますから」

彼女の背中側には、怪鳥を避けるために片膝を突いたイリスがいる。彼と話をする前に、問題の中心部分を口にしていた。

イリスが彼女の背中を眺めているかと思うと、とてつもなく恥ずかしい。彼が息を呑んだようにも感じられて羞恥がますます募る。

しかしここで引くわけにはいかない。互いを守り合って共闘するのだから。

マリーネは両手を広げて彼をかばう姿勢を崩さずいた。

そこへはっきりとした物言いで新たな声が入る。

「帝国の皇帝城は悪辣な貴族連中の巣窟らしいじゃないの。そんな場所に住むのに、その男が本当に冷酷だったらどうするの。あなたを取り戻すときが来るかもしれない。そのときは、その男と戦うことになるのだから、皇帝一族の秘儀を見ておかなくてはね」

「イメルバ姉さま！」

「なによりもあなたのために、よ」

「アメルバ姉さま……」

きつい物言いは長女のイメルバ、柔らかく付け足すように言ったのはアメルバだ。

結婚する前はそっくりだった上の姉たちは、夫を得ると、それぞれの個性が表に出てきた。マリーネの二組の双子の姉たちは、誰もが恐れる召喚獣を持った強者なのだ。

上の双子は嫁ぎ先の屋敷に住んでいるが、王宮には彼女たちとその家族の居室がある。

昨日はマリーネの召喚魔法を助けるために王宮へ来て、そのまま泊まっていた。

「大姉さまたち、私に異論はないのです。お願いです。ここで私の召喚を大失敗にした挙句、王女でありながら秘儀を使えない失格者にしないでください。まだ道は閉ざされてはいません。イリスとは、きちんと話もできていないのです」

長女イメルバと次女アメルバの横にいる四つ足の大型魔獣は、鋭い牙と爪を持ち、背中にそれぞれの姉を乗せて大地を駆けることができる。

イメルバはきっぱりと言う。

「可愛い私たちの妹。正体を見極めるためには、魔法力を量らないとね。彼の魔法力の縛りを解いて離れなさい、マリーネ」

イメルバとアメルバの片手が上がる。ルミアやミルティと同じで、あの手が下ろされると攻撃が始まる。

後ろから声がした。

「私の魔法力の縛りを解け。マリーネ」

それしかないかもしれない。姉たちは、イリスの人間性や力を試すために仕掛けている。はっきりさせるためには彼の魔法力の縛りを解くしかない。

「お姉さまたちゃ、魔獣たちに傷を負わせないと約束して」

「約束する」

一対二であっても、彼は自分なら抗しきれると考えている。その通りだと思う。

――イリスは約束すると言ったわ。信じてこそ次の段階があるというもの。

上の姉たちの片手がゆっくり下ろされてゆくのを見ながら、マリーネは小さく唱える。

《イリスの魔法力を解放する》

咆哮を上げて飛び掛かってきた魔獣たちは、イリスが呪文もなく発動した水しぶきを浴びることになった。

噴水から出た水は下に落ちず、軌道を変えて凄まじい勢いで魔獣にぶつかったのだ。

彼は池の水を軽く固めてつぶてにすると、次々とぶつけてゆく。

ぶつかれば水の塊は飛散するが、魔獣が向かってくる方向を変えさせるには十分なほどの勢いがあった。質量もそれなりにある。

攻撃技としては大した威力はないかもしれないが、防御力は抜群だ。

しかも相手は水しぶきを被るだけで怪我はしない。

唖然として口を開けたマリーネの身体に後ろから腕が回って、あっという間に彼の腰の辺りに抱えられる。彼女は軽々とイリスに運ばれ、そのおかげでずぶ濡れにならなかった。

次にイリスは、その場の土を盛り上がらせて壁にした。

次から次へと立ってくる壁に阻まれて、魔獣たちは彼に飛び掛かれない。

ましてや彼はマリーネを抱えているので、魔獣たちの攻撃も緩む。

ある程度の距離を取って停止した魔獣たちの口が開いてきた。

喉の奥が光っているように見えるから、エネルギーの塊を撃ってくるかもしれない。

そのとき、『引きなさい』という姉の声が聞こえた。魔獣は消える。

走っていたイリスはざざっと動きを止めると、腕だけで荷物のように腰のところで抱えていたマリーネを立たせて放す。

「軽いな、マリーネ。やはりもっと食べるべきだと思うぞ」

と言って笑った。

毒気を抜かれたようになった姉たちが二人の近くへ寄ってくる。

マリーネは、またしてもイリスを後ろに庇うようにして前に立ち、今度は片手を横に出した。

彼女の前に四人の美女が壁のようにして立つ。

一番上の姉イメルバから順に、小言がマリーネに降り注ぐ。

「危ない真似をしてはいけないわ、マリーネ。あなたにかすり傷でも付けようものなら、私たちの涙が降り注ぐってこと、分かっているでしょうね」

「あなたのためを思ってただけなのよ。簡単に私たちの妹を攫ってはいけないってこと、殿下に思い知ってほしかったの。それにあなたを不幸にしたら、私たちが出て来るってこともね」

「でもまぁ、皇帝一族の秘儀〈変形固形化誘導魔法〉――長ったらしいわね――が、見られただけでも仕掛けたかいはあったわ。もちろん、水や土を操って玩具を作るだけの魔法だとは思っていないわよ。もっと硬く鋭い武器にして扱うものなのでしょうね」

「万が一にもマリーネや私たち、それに召喚獣たちを傷つけることがあれば、今度は四人で総掛かりになっていたわ」

どうやら皆で打ち合わせ済みだったようだ。

本性を見るためと、力を試すため、なにより、四人と魔獣たちがマリーネの後ろ盾になっていることをイリスに知らしめるために動いた。

必死になっていたのは自分だけだったのかと、マリーネはがっくり肩を落とす。お陰で、結婚の話があることをイリスに気づかせてしまった。

後ろから左右を回ってイリスの両腕が伸びてきたと思ったら、マリーネの肩が緩く囲われる。どきりと心臓が跳ねたようになって、みるみる内に彼女は真っ赤になった。

姉たちは腕を伸ばしたイリスに向かって怒気も顕わに抗議する。

「離しなさい！　触らないで！　可愛いマリーネが穢れるわ！」

イメルバの悲鳴にも似た声に対して、背中側から低い声が聞こえる。

「私を守った小さな背中に触れたくなってなにが悪い。結婚か。それはいいな」

くつくつと笑うイリスは、面白そうに言い放つ。

「婚姻はいい案だと思うぞ。私からの正式な求婚の親書が届いたことにしよう。署名入りの本物だ。ただし、それを持ってフィッツ帝国の皇帝城へ入ることが条件だ。私の事情を解決する手伝いをマリーネがしてくれるなら、帝国の進軍は止める」

断言した。その場がしんと静まる。

マリーネとしては、話し始めたイリスの事情を聞きたいとはいえ、この状態での立ち話は有り得ない。

なにより、彼の腕が後ろからマリーネを抱き込み口元が下がってきた体勢で話すから、首筋に掛かる吐息がくすぐったくてたまらなかった。

――きっと笑いながら話しているわ。

そういう気配がする。

姉たちが四人揃って誰かと交渉するときは、代表としてイメルバが話す。

「イリス殿下、婚約は計画でも、結婚式はどうするのですか。あなたの事情とやらが解決したら、必要のなくなったマリーネはお払い箱なんてこと、絶対に許せません」

「正式な七日間の婚儀をする。中間で結婚式だ。反故にするなら召喚契約を解除できないと主張するがいい。契約がある限り、私の魔法力は縛られたままなのだろう？　それは困る。結婚式は挙げるし、妻として大切にするつもりだ」

後ろにいたから、彼がどういう表情で言っているのか分からなかった。

姉たちはイリスの言葉を聞いて黙る。

互いに目と目を見交わしてから頷くと、マリーネに笑顔を向けて『またね』と言い、くるりと踵を返した。

各々のドレスが翻り、ブロンドの髪がきれいに靡く。

イメルバが身体の向きを変える前に、マリーネに向かって優しい笑顔を見せると、独り言のようにして囁く。

「マリーネの曲がる魔法力は一体何のためのものかしらね。曲がったからこそ、フィッツ帝国の皇子が召喚された。不思議だこと」

そしてイリスには厳しい眼を向ける。

「妹を泣かせたら総力戦ですから。覚えておいてください」

「分かった」

イリスは低く答え、姉たちはその場から去った。

彼はマリーネの身体をくるりと回して正面から彼女の様子を眺める。

「よし、傷はないな。……靴はどうした」

「ん？　えっと……、走るのに邪魔だったから……」

イリスは笑いながらマリーネを横抱きにして歩き出した。廊下で行き会う者たちはみな、目を丸くして凝視している。

魔獣に真っ向から対峙（たいじ）したからか、緊張が緩むと脚ばかりか体中が細かく震えてきた。

彼の腕に力が籠り、ぎゅっと抱きしめられた感じになる。

ほっと息を吐いたマリーネは、顔を上げてイリスの横顔を眺めた。

戦闘状態だったせいか背中で緩く縛っていた黒髪の括り紐（ひも）が取れて、長い髪が額に掛かっていた。歩いているので大部分が後ろへ靡いている。

――綺麗。

見惚れている彼女を余所に、イリスは前を見て歩きながら呟く。

「私を守るために裸足で走って来た。私を守れるはずもない小さな背中で庇うことまでした。美しい背だった。魂に刻まれたぞ。死ぬまで忘れない。いや。死んでも目に焼き付いて残る」

まるで独白だ。返事を期待して言っているのではなかった。

「皇帝城から引っ張り出し、全力で守ろうとする私の召喚者。お前は私を救う驚異の存在だ」

最後の方は彼の口の中に消えていったのではっきりと聞き取れなかった。

うっすらと頬を染め、黙って聞いているマリーネは、ひたすら胸のうちで繰り返す。

――お姉さまたちは許さないと言われたけど、国を守ることができて、イリスの事情に対する私の役目が終われば、召喚契約を解除するわ。最後は修道院へ行くのよ。

すべては契約と計画の上を滑って動いているだけだ。

気持ちの伴わない伴侶など望んでいないのだから、目的が達成したら彼から離れよう。

マリーネの居室へ到着してソファに下ろされると、即座にラナがやって来て『晩餐はいかがなさいますか』と尋ねた。

「今夜の晩餐は休ませていただきますとお父様に使いを出してちょうだい。料理長には、私とイリスに夕食を用意してほしいと伝えて。それから彼の寝室は……」

「この部屋の隣に部屋がある。そこに決めた」

イリスが軽快に答えた。ラナに髪飾りを抜かれ、髪を梳かれながら、ソファの背もたれに身を預けていたマリーネは目を見開く。

「……その部屋は、いつか私が結婚したとき、夫となった方が使う予定で造られているの。王宮の外へ出ても、戻るときには使えるようにという配慮からよ。国王の代替わりがあるまではこのままにしておく決まりなんだけど」

「だから私が使う。夫となる者が入る部屋なのだろう？」

マリーネは、向かい側の肘掛椅子に腰を下ろしたイリスをじっと見る。

動作に無駄がなく優雅なたたずまいを崩さない彼は、座る姿にも目を引かれる。彼は皇帝一族だから、最上級のものを身に着け、そういった扱いを受けてきたはずだ。

——でも昨晩は床の上に寝ていたのよね。私が彼の上に足を下ろしても、振り払ったり、怒ったりしなかった。

イリスは奇妙なほど自分の地位に無頓着だ。

隣の部屋にしても『夫』が理由であって、そこがどれほど質素でも受け入れたに違いない。

いま彼が着ているのは、ラナが調達してきた貴族の衣服だ。

白いドレスシャツと紺のズボン、上着は同色系の硬い感じで纏められている。

上質ではあるが、魔法陣の中に現れたときに彼が着ていた衣服よりも、かなり劣ると思われた。

けれど、やはり無造作に纏っている。

——皇子であることなど、イリスにはどうでもいいのかしら。事情……聞くのがなんだか怖い。

まずは順番に尋ねることにして、マリーネはいま一番の疑問を発する。

「なぜ外へ出たの？　危険だとは思わなかった？」

彼の魔法力は、召喚契約によって縛られているから、相手が姉たちでなくても危ない。

硬い声で尋ねたマリーネの緊張とは裏腹に、イリスはのんびりした口調で答える。

「窓から外を眺めていたら、陽を浴びたくなったんだ。騒ぎを起こしたのは悪いと思う」

初めに部屋の中にいてほしいと伝えていないので、この点はこれで終わりだ。

ただ、彼がわずかでも力を使ったのではないかと思えるのは、マリーネは強く引かれて庭へ出て行ったからだ。

「召喚契約の魔法力縛りは、あなたには意味がないのかしら。私は強く引かれるものを感じてあの場所へ行ったの。……私を呼んだ？」

「いいや。心配か？　契約を振り切って私が自由になるとでも？　たとえそれができたとしてもしない。お前の魔法力は曲がるから、力づくで解除しようとしたらどうなるか予測できない。互いにとって危険だ。第一、いまの状態は私にとって非常にプラスなんだ」

床にすっと視線を落としたイリスは、楽しそうに笑った。

「どういう面でプラスなの？」

「エリックに見つからないというプラスだ」

マリーネは目を丸くしてイリスを凝視した。

エリックといえば帝国の宰相だと、爆笑しながらイリスが教えてくれた。

宰相エリックとはどういう人物なのだろうか。頭の中には資料の欠片もない。

「イリス。あなたの事情を話して。そのうえで結婚をどうするのか、打ち合わせましょう」

「打ち合わせ……か。召喚契約に上乗せするのか？　つまりは、契約の一部だと考えるんだな？　状況が変われば、結婚式までいかなくても構わないとマリーネは思っているのか。お前はそれでいいのか？」

立て続けに訊かれる。

イリスの真剣な面持ちが怖いほどで、マリーネは背中を震わせた。

冷静沈着で、言葉少なく、冷酷な手段も取ると言われる〈漆黒の槍〉。

けれど、ここで怖気づくわけにはいかない。マリーネは、大笑いをしたイリスの姿を脳裏で思い起こした。あれこそ、彼女が契約をしたイリスなのだ。

マリーネは決意を載せたまなざしを彼に向けて、深く頷きながら答える。

「……契約です。ここまでくれば迷う余地はありません。王女なのですもの。国のために動くことが第一。結婚を本当にするかどうかは二の次といたします」

「そうか。そういうつもりなら、事情も併せて共闘の話をしよう」

ため息交じりに言ったイリスは、すぐに付け加えた。

「ただし、夕食を食べてからだ」

マリーネは、彼の食に対する執着を感じて不思議な気持ちになる。

「イリスは皇子として最上級の食事をしてきたのでしょう？　クランベル王国の料理はそんなに

違っているのかしら。食べることが好きというには、あなたはとても細身なのに」

「庭に出る前に昼餉を食べた。久しぶりに美味しいと感じたぞ。特に、最後のお茶と一緒に出されたクッキーは抜群だったな」

嬉しさが込み上げてくる。マリーネは俯くと小さな声で言った。

「あれは私が焼いたのです。たまに料理長に教えてもらって、いろいろなクッキーを焼いているわ。いまはプディングにも挑戦しているのよ」

「それはすごい。プディングにも挑戦しているのか。プディング！　ぜひ食べさせてくれ」

「ええ。いつかね。お父様に止められない限り厨房にも入るし、精進してゆくつもりよ。お姉さまたちが、なされないことをやりたいの。誰とも比べられないから思い通りにできるもの」

イリスのまなざしがひどく優しく感じてマリーネはますます俯いた。

彼は静かに語る。

「長い間、食事を美味いと感じることはなかった。だからつい執着してしまうな。……そういえば、魔法力の縛りは許可したままだぞ。また縛らなくてもいいのか」

「ある程度の時間が過ぎれば、なにもしなくても縛りの状態に戻ります。不自由でしょうね。ごめんなさい。許可したものを縛りに戻すことはすぐにできますけど、イリスは、私たちや国の者を傷つけないのでしょう？」

「マリーネとの約束だ。召喚契約がなくなっても反故にはしない。そうか、時間が過ぎれば戻るのか……。当然だな。それでこそ契約が成り立つ。謝る必要はないぞ。私も望んで契約状態になったのだから」

目を見交わして微笑み合った。

窓の外が暮れてゆく静かな時間に、こうして互いを見守れるのはとても心が落ち着く。

「では晩餐の手配をさせますね。食事を終えて就寝の準備を整えたら、ここでまた話をするということでよろしい？」

「そうしよう」

庭での一件で埃塗れになったと思うマリーネは、風呂にも入りたかったたし、いまはお腹も空いている。考えてみれば、今日はまだ一度も食事を摂っていなかった。

埃と疲れは湯に浸かって落とし、別部屋に用意された晩餐をイリスと向かい合って食べた。

クランベル王国のことを彼は聞きたがり、マリーネは楽しく語る。

イリス自身のことやフィッツ帝国についてはあとで話すことになっているので、この場では聞かない。

なにより、これが美味しい、こういうのも食べてみたいと言って食事を楽しんでいるイリスに、影を落とすような話題は避けたかった。

食事のあとは各々眠る用意をしてから再び顔を合わせ、庭から戻ったときと同じでマリーネの寝室に設置されたソファに向かい合って座った。

ラナが、マリーネには薫り高いお茶を、イリスには、王国内で最高峰と謳われる酒蔵から献上されたワインを出した。

ラナは優秀だ。少しばかりのおつまみに、チーズやトマトを並べ、マリーネが焼いたクッキーも添えた。

「ラナ。もういいわ。あなたも休んでね」

「はい。夜番が待機していますので、なにかありましたら外の衛兵にお言い付けください」

「分かりました。そうします。おやすみなさい」

「おやすみなさいませ」

深くお辞儀をしたラナは、イリスにも頭を下げると退室した。

扉の外に衛兵が立っているとはいえ、室内は二人きりだ。

イリスが〈音声遮断魔法〉ならできると言ったので、彼女の居室全体をその魔法で包んでもらった。これで声も音も外には漏れない。

身体から力を抜いて、マリーネは背もたれに身を預けた。

前を見れば、イリスが最初に手を伸ばしたのがクッキーだったので、顔が綻んでしまう。

「美味いな。菓子に味を感じたのも久しぶりな気がするぞ」

「そろそろ湿気てくるころなの。美味しいと言ってもらえてすごく嬉しい。家族は喜んで食べてくれるけど、大抵は、王女が厨房に入るなんて……って眉を顰める人ばかりだった」

「それはもったいない話だ。厨房へ入ることのなにが悪い。美味しいものを味わえる環境がどれほど貴重であるか、貴族連中は分からないんだろうな」

「イリスには分かるのね」

彼はワイングラスを手に取って優雅な仕草で香りを確かめ、一口飲むと苦笑した。

ローテーブルにグラスを置くと、イリスは神妙な顔つきになって話し始める。

「お前に召喚されてまだ二日目の夜なのか。たったそれだけでも、外の陽が夏を過ぎたとか、料理が美味いとか感じられるし、焼き菓子に舌鼓を打つことを思い出した。マリーネ。私を召喚してくれたこと、深く感謝する」

彼は座った状態で潔く頭を下げた。マリーネは驚愕した。

誰からも畏怖の目で見られてきたに違いないイリスが、まさか彼女に対して頭を下げることがあろうとは、想像の範疇を超えている。

それほど彼の事情は重く、御し難いのか。

しかも言葉の端々に入る『久しぶり』からは、長い間その事情に苦しめられてきたことを意味していた。

「イリス。あなたの事情は、なに?」

「フィッツ帝国の宰相エリック・スレイトンは、皇子のイリス・デュエルを十年前に支配下に置いて操ってきた」

「……え」

ぽかんと口を開けてしまったマリーネは、イリスが言った内容を脳内で何度も咀嚼した。

イリスは、一呼吸を置いてから続けてゆく。

「エリックは、宰相の地位に長く就いている男で、わずかでも皇帝一族の血を引いているそうだ。実際、秘儀も少なからず使えた。さらには『人形化魔法』を持っていた。隠していたんだ。それは十年前いきなり十四歳だった私に向かって放たれた」

「十四歳のとき……。宰相は帝国を乗っ取るつもりなのでしょうか」

「そうだ。自ら皇帝になるのではなく、いずれ皇帝位に就く私の精神と身体を捕縛して操った。陰に潜んだわけだ。私が皇帝になれば帝国は完全に奴のものになる。誰も気が付かない間に」

誰にも分からないという点が、なにより恐ろしい。

疑問を抱いても確証を掴む前に消される可能性は高く、賛同者を集めるのも至難の業だ。

「重要な場面にくると私を思いのまま操り、奴の考えを私の口から話させていた。日常生活はそこまで縛られなかったが、エリックの要望から外れようとすると、命ぎりぎりまで精神力をはぎ取られて――寝込む」

マリーネは両手で口元を押さえて、叫びだしたいのを喉の奥へ押し込む。

それでも一言漏れた。

「ひどい……」

十年の間、イリスは何度も壊されかけた精神を立て直しながら生きてきたのか。

その状態では、季節の流れを感じることも、料理を味わうことも、それらの感覚に浸ることもできず、いつしか忘れてしまったとしても頷ける。

そこでマリーネは、はっとして彼を見る。

「帝国が領土を広げるために南下するのは、エリックがそれを望んでいるからなのね」

「察しがいいな。領土拡張というより大陸制覇があいつの野望だ。父は私の提案をそっくり受け入れる人だから、エリックも陰から主張しやすい」

皇帝が皇子の言いなりなら、皇帝よりも皇子を手に入れる方が効率はいい。

イリスはいずれ皇帝になる。そうなれば二代に渡って操れるわけだ。

「私が前線で戦える年齢になると、進軍を始めるよう皇帝に決断を促した。あいつの人形化魔法はかなり強力だ。私も成長するに従って魔法力を高めてきたというのに、打ち破れなかった」

他者の意のままに動かされ、言葉の一つも自由に発することができずに十年。

「……よく諦めませんでしたね。普通なら絶望して、投げやりになってしまうわ」

マリーネの目に涙が浮かんだ。

しかし、彼が泣いていないのに彼女が状況の悲惨さを察しただけで泣くなどあり得ない。

イリスは明るく朗らかに笑う。強い人だ。

「何度も絶望しかかったぞ。それでも、帝国のために、両親のために、どうにかできないかと足掻いた。しかしどうしても奴の捕縛から逃れられなかった。ところが――」

イリスは面白くてたまらないといったふうで笑った。

「お前に召喚された。私はお前に呼ばれ、引っ張られて皇帝城を脱出した。いまの私は操り人形ではない。奴がどれほど驚愕したか。想像するだけで笑えるな」

実際イリスは声を上げて笑いながら、ワイングラスを手に取って一気に空けた。

置いてあったデキャンタから再びグラスに注ぐ。

上機嫌だが、そこで表情を引き締めて続けられた内容は、さらにマリーネを驚かせる。

「それでもさすがにエリックの魔法力は巨大だ。お前に召喚された私は、身体もあるし魔法力も使えるとはいえ、実際には元の半分だ。精神が二つに割れて核たる本質がここへ来た。外側になる表層は、まだ皇帝城内に残っている」

「二つに分かれた？　私が召喚したから分離してしまったのね」

「召喚してくれたから、半分とはいえ抜け出せた。しかも、精神的な中核を己自身として取り戻せたわけだ。感謝すると言っただろう？　お前の召喚魔法は、私には大成功だったぞ」

よく笑う彼は、綺麗な笑みもたくさん見せてくれる。

マリーネの恐れる『召喚大失敗』を、感謝すると言って、笑顔で払拭してくれた。

身長に関してもそうだが、彼女が長く持っていたコンプレックスを明るく覆してゆく。

彼の優しさが迫って来て、マリーネはうっすらと頬を染めた。

どうしてこれほど心が揺さぶられるのか、答えは一つしかない。

――私……、イリスが好きなんだわ。たった二日しか経っていないのに。

最初はオッドアイに惹かれた。いまは笑みと優しさにぐっと引き寄せられている。

マリーネは息をゆっくり吐いて心を落ち着かせた。

いまは自分の感情に浸っているときではなく、これからどうするかを相談しなくてはならない。

「庭で姉たちに話していたわね。あなたの事情を解決する手伝いというのは、半身を取り戻す手助けをすることで、そのために私は、イリスからの正式な求婚の親書を持ってフィッツ帝国の皇帝城へ入るのね。でも、その計画では、あなたはすぐに捕まってしまうでしょう？」

「驚くべきことだが、召喚契約によって私はお前の魔法力の影響下にある。曲がる魔法力で隠されているんだ。魔法力のある者ほど分からない。エリックにも」

誰もかれもが顔を顰め、自分自身も魔法を発動する度に落胆してきた彼女の特殊な魔法力は、イリスには役に立っているのか――とマリーネは大層驚いた。

いまの時点で、エリックにイリスの居場所が分からないのも、それが理由なのだ。

「マリーネには、クフンベル王の親書を携えた正式な使者として帝国へ向かってほしい。ただそれだけでは皇帝城に入れない。指定された場所で手渡して終わりだ」

なぜなのかは、マリーネにも分かる。暗殺のために来たと疑われるからだ。

「だから、皇子から届けられた求婚の親書を持ち、真意を問うために来た王女として行く。必ず入城できるし、謁見の場が設けられる。私は、随行する護衛兵に偽装しようと思う」

「護衛兵！　イリスが？」

「意外だろう？　誰もそれが私だとは気が付かないだろうな」

言葉もない。あれこれ変装しなくてはならないだろうが、誰にも分からないなどとあり得るだろうか。

マリーネは彼が言ったことを一つ一つ噛みしめてゆく。

「私は、父の親書を持った正式な使者として国を出るのね」

「私からの求婚の親書は本物だ。だから実際は私の婚約者として国を出ることになる。そうでなければ王はお前を外には出さないだろう」

——婚約者……。でもそれは計画なのよね。

父王の親書を持ってゆくのは良い案だ。

不可侵条約が主体で、商人たちの行き来に関する通称条約など、帝国との約定は多肢に渡るに違いない。

イリスが自分を取り戻したとき、その親書がどれほど役に立つことか。

なにより、帝国の進軍を止めると、彼は断言した。

「五人いる王女の中で五番目の私が国王の使者として一人で行くのは、皇子殿下からの求婚の真意を問うためなのね」

正式な国王の使者に王女が任ぜられることは他国でもある。王女しかいないクランベル王家なら、何ら不思議はないだろう。

「直属の護衛兵として私が常に一緒にいるから、一人ということはないぞ。ただ、クランベル王の正式な使者としては一人で動くことになる」

「……」

姉たちがいなくても、王女としてマリーネにもできることはあるはずだ。

ここで動かなければ、きっと永遠に自信を持てない自分になる。

——それに、イリスの手助けができるならやりたい。

すっかり帝国へ行く気になっているが、返事をする前に確かめなければならない。

マリーネは真剣な表情でイリスに訊く。

「あなたの計画に乗って私が国を出る代わりに、お願いがあります」

イリスは小さく笑う。

「お前の願いが、皇子の妻になりたいとか、皇帝城の女主人たる皇妃の地位を望むものであればどれほどいいかと私が思っていても、違うのだろうな」

「個人的な願いではありません。フィッツ帝国の皇子イリス殿下。どうかお願いです。あなたの半身を取り戻す手伝いをしますから、この先なにがあろうと、クランベル王国には攻め入らないでください。進軍は必ず止めると約束して。なにがあろうと、です」

一瞬ではあるが、イリスは残念そうな顔をした。なにがそれほど残念だったのだろう。

彼もまた真剣な面持ちで了解した。

「約束する。召喚契約の上乗せだ。私が自分をすべて取り戻した暁には不可侵条約を結び、クランベル王国の民を始め王家の者たちの安全を保証しよう。それでいいな？　どちらの契約も目的達成までは維持する」

不可侵条約締結が一つの目安になるだろう。

「はい。お願いします」

マリーネは座ったままとはいえ頭を下げた。これで第一段階だ。先は長い。

彼は申し訳なさそうに目を伏せた。

「私だけで行くのも考えたが、魔法力の縛りがあるからどうしてもマリーネに一緒に来てもらわなくてはならない。だからこういう計画になってしまった。危険に晒してしまうな」

眉を寄せて沈鬱な表情になったイリスだったが、それも一時だ。肩で大きく息をした彼は、目を閉じて一気に言い放つ。

「それでも私は、エリックを叩きのめしたいんだ」

今度はマリーネが笑う。

十年も抑え込まれた者の拳は、多大な重量を伴って宰相に振り下ろされることだろう。

——私には召喚者としての責任があるし、これならお父様たちの希望にも適うわ。『召喚は大成功』として認められたい私の願いのためにも、イリスと一緒に行って共闘しよう。

マリーネを正式な使者として国から出してもらうには、母親の希望通り、これは縁談であり、彼女はイリスの婚約者として出発するのが最適だ。

——お父様たちに話すなら縁談になるけど、結婚話は計画の一部なのよ。婚儀まで行き着けなければ、修道院へ行く。私はそれでいい。

一気にそこまで思考が辿り着いてしまうのは彼女の性格によるところが大きい。

マリーネをじっと見てから、イリスは囁くように言う。

「奴を絶対に倒したいのは自分を取り戻すためだが、まともになってお前の前に立ちたいためでもある。結婚を申し込むにも、いまの私では不十分だからな」

大きく頷いたマリーネは、イリスを見つめて相槌を打つ。

「そうね。まずはイリスが自分をすべて取り戻さないと。先のことは、そのあとでゆっくり相談しましょう」

イリスの表情に、ふっと疑問が浮かんだように見えた。

なにかを間違えたのかと、マリーネは速い瞬きを繰り返しながら考える。

——結婚話……は、計画なのよね？　分不相応な望みは持ってはいけないのよ。私は〈あまりもの姫〉なんだもの。

先のことは分からないのだからと、彼女はつい期待をしたくなる自分を戒める。

しばし、見つめ合う。

イリスが思うことと、彼女が考えていることに、なぜか大きな隔たりがあるような気がしたが、それが何なのか分からなかった。

彼は、マリーネを穴が空くかと錯覚しそうなまなざしで注視しながら確認してくる。

「契約と結婚は別と考えると。それでいいんだな？」

「……結婚話は手段ですよね。婚約状態で国を出ても、それは伏せておき、真意を確かめるために皇帝城へ入るのでしょう？　だから、結婚式までいかなくても、ことが成ればそこで婚約を解消することもできます。私はそれでもいいと考えています」

婚儀をしてほしいと願って、イリスが約束してくれても、それは半分の彼の返事だった。

先のことは分からないという形にしておいた方が、どちらにとっても良いと思ったのだ。

マリーネが言った途端、周りの空気が少し冷えた気がした。

イリスは両目を閉じてため息に近い長い呼吸をする。

「半身だからな。いまはそれでもいいか。どのみち、エリックを倒して目的を達成しなければ、婚儀も始められない」

呟くようにして独りごちたイリスは、表情を硬くするとマリーネに向く。

「実は他にも問題がある。たぶん、現状の召喚契約は不完全だ。皇帝城に半身が残っているせいだろうが、私の正体を隠すためにも、契約をより強固にする必要がある」

「……不完全だから、漏れ出たイリスの力によって、私は庭へ誘導されたのね」

「恐らくは、そうだ。こういう場合どうするんだ？」

召喚が成功しても契約が不完全だった場合。

「私が学んだのは、絆を深めるためにより近い存在になる、ということですね。魔獣の場合は、一緒に眠るとか、常に離れず相手を理解するよう努めるとか」

「人型の場合は？」

「召喚者が王子だった時の方法は知りません。王女なら自らを捧げるの。供物とか言われていて、同じベッドで横になっていれば、いずれは深いつながりになるそうよ。母は、場合によって伴侶とも言い換えられると……」

自分がなにを言っているのか突如思い至ったマリーネは、口を噤んで頬をバラ色に染めた。

稲光が落ちたかと思うほどの激しさでイリスと目が合う。慌てて顔を伏せたマリーネに、イリスがそっと言う。

「……閨（ねや）を共にするということか。確かに、互いをもっとも身近に感じられる方法だな」

「ひ、人型だった場合は魔法力が強いので、何としても契約を強く結ばなくてはいけないの。そのための方法というだけです。ずいぶん昔のことで、いまでは人型が現れることもないから、誰もそんなことはしません」

「過去に例があるのか。分かった」

なにが分かったのだろうか。

表情を落としたようなイリスはソファから立ち上がり、三人掛けソファに座るマリーネの方へ来ると、隣の座面に腰を下ろす。

そこで彼女は、自分が白いナイトドレスの上に同色のガウンを羽織っただけなのを意識した。眠る用意をすべて整えてから話すことにしたのは、夜中、あるいは夜明けまで掛かるかもしれないと考えたからだ。

イリスは銀色の男性用ガウン姿だった。下は濃い色のズボンを穿いているが、男性はなにも着ずに眠るらしいから上半身はガウンを脱げば素肌だろう。

こういう流れになるとは思わなかったので、少しも気に留めていなかった。

「……イリス」

「マリーネ。私は必ず自分の半身を取り戻して自由を得る。この状態で求婚しても信じられないかもしれないが、私はお前を妻に望む。結婚してほしい」

どきどきと鼓動が駆け足を始め、かぁっと頭の中が焼けてゆく。

――これは、必要だから順を踏んでいる……だけよね？　エリックに見つからないよう召喚契約を強固にするために必要だから。

結婚の話も皇帝城へ行くために必要だから進めるのだ――とマリーネは考えていた。

千々に乱れた思考に埋もれたマリーネの手の先がイリスの手で掬（すく）い上げる形で取られ、隣に座る彼の口元へ誘導された。

彼女の右手の甲に、彼の顔が伏せ気味になって寄せられ、そして口付けられた。

「イリス……っ」

息を乱し、いまにも倒れそうなマリーネは、見ているだけが精いっぱいだ。

召喚者として『触れるな』と命じることもできたのに、声は出ない。眩暈にも似た気分が込み上がるばかりだ。

本心はさらに正直な無言の叫びをあげる。

――誰かと結ばれることがあるなら、イリスがいい。

好きだから――と。それに尽きた。

甲の上に乗った彼の唇が薄く開かれ、息が掛かって囁かれる。

「お前は私を檻（おり）から解放した者だ。しかも、裸足で駆けてきて、その背で私を庇い守ろうとした。それがどれほど私を揺り動かしたことか。妻になれ、マリーネ」

どう聞いても求婚の言葉だ。しかし、マリーネは自分に言い聞かせる。

――私は、彼の手助けをすると伝え、彼はその代わりに私の望みを叶えると言った。これは契約。目的を達するために必要な儀式のようなもの。

ずっとそうやって己に語り掛け、多大な望みを持たないようにしてきた。

自分に自信のない彼女が保身のためにする癖のようなものだ。

いつの間にか閉じていた両目をうっすらと開けると、マリーネは応える。

「お受けします」

妻になるとは言わなかった。言えなかった。

計画の盆の上に乗っているから、計画を進めるための返事だ。

イリスは目を細め、マリーネを抱きしめる。

そして唇を合わせるために覆い被さってきた。

ソファの肘のところへ頭を載せてあお向けに倒れ込みながら、マリーネは近づいてくるイリスの整った相貌を見ていた。

第二章　求婚が計画の一端でも嬉しかった

初めてのキスはソファで、だった。そのまま流れてゆきそうだったのを、意識がまともなうちに『ベッドへ……』とかろうじて声に出せたのは良かった。

横抱きにされて運ばれる間でもキスはできるのかと驚いたのを覚えている。

「イリス……イリス……」

名前を呼び続ける。流されてゆく自分が頼る縁はそれだけだった。名を呼ぶ度に返ってくるのは深い口付けだ。

「は……あふっ…………、ん——……」

口付けは次第に激しくなり、彼の舌が口内を縦横に暴れ始めると、意識の内で掴めるのは軟体動物のような舌の動きだけになってしまう。

その間に着ているものすべてを脱がされてゆく。

ナイトガウンには袖があっても、宝石だけで留めてある前開きだから簡単に剥ぎ取られた。

今夜のナイトドレスは、胸のところはギャザーだけだから、肩の紐やリボンを解かれて下へ引っ張られると、胸のふくらみがすっかり外に出る。

「……あっ」

慌てて両手で隠したのに、イリスは彼女の両手首を持つと、それぞれ顔の横あたりへ押さえつけて胸から退かしてしまった。

オッドアイがマリーネの乳房を見つめる。

体格差や男女の力の差で抵抗など無意味であるし、マリーネはやめるよう命令することもできたが、喉の奥に感情の塊があってなにも言えなかった。

喉奥の痞えた塊、それはやめてとは言いたくない彼女の気持ちだったかもしれない。

「あぁ……っ、あまり、強く……掴まないでぇ……」

彼の両手が乳房を掴んで揉みしだく。

彼女の両手は枕の上に放置されたのに、自らの動きを忘れてしまったかのようだ。

イリスの手の平で、形を確かめるようにして膨らみを包まれ、揺らされ、さらには指で突起を摘まれると痺れのような感覚が足先まで走った。

「んー……っ、は、あ、……」

「可愛いな、可愛い。それなのに、……意外に大きい。柔らかいし……マリーネ」

「いやっ、……なにも、言わないで……んっ、ふ」

「隠していたんだな。……私に暴かれるのを、待っていたんだ」

「イリス……」

熱い吐息と共に名を呼んだ。彼を待っていた——そうかもしれない。

イリスの舌が乳首の一つに絡みつく。

「あ——……っ、ん、……あぁ」

口に含まれて舌先で先端を突かれると、ひときわ高い声が漏れる。

受け取る感覚は快感と呼ぶにはまだあやふやだというのに、手足の先まで愛撫(あいぶ)の感触を伝播(でんぱ)していった。

もう一方の乳房は彼の手の中で悪戯(いたずら)のような愛撫を受けている。

永遠に続くかと思われる感覚のうねりの中に呑み込まれ、たまらなくて躰(からだ)を蠢(うごめ)かせた。

きゅぅと吸われて乳房全体が引っ張られ、同時に片方は指で摘まんで強く捻(ひね)られる。

「きゃ、あ……」

全身がひくんっと慄(おのの)いた。痛いような、しかし、もっと、もっと、と思ってしまう。

もっと激しい刺激がほしい。もっと、舐(な)めるように愛してと、肉体は正直に強請(ねだ)っていた。

それを敏感に受け止めて、イリスの手の平が肌のあちらこちらを撫(な)でる。

腹の辺りでくたくたと折り重なっているはずのナイトドレスはどうしたのだろう——と不意にひらめいてしまうと、自分がなにも纏わぬ裸体になっているのを自覚した。

かぁぁ……と顔が上気するにつれて、肌もまた熱くなってゆく。

「美しい。肌に色を載せて、私を誘うのか……」

誘っているわけではないのに、彼にはそう見えてしまうのか。恥ずかしい。

乳首を含んだイリスの唇が緩やかに蠕動する動きをすると、声がひっきりなしに漏れ始める。

彼の口が、左、そして右と移動する間に、乳房を揉んでいた手が臍の辺りまで下がってわき腹からさらに下腹へとさ迷う。

まるで、マリーネの肌を手の平で味わっているかのような動きだった。

味わう……それは唇が下肢へ向かうことで実感する。イリスの舌はマリーネの肌を嘗め回し、たまに甘く噛んで刺激を与えてゆく。

強く吸い上げられると、自分が彼の中へ入ってしまうようにも感じた。

熱い、熱い、触れられる肌が熱い。

吸われると血流がそこへ集まるのをまざまざと感じる。

頭を激しく振ると、もつれやすいストロベリーブロンドが踊った。彼の黒い髪はさらさらと流れて彼女の肌を煽る役目まで果たしている。

「あ、あ、……イリス……っ」

脚が広げられると、思わず大きな声が出た。やめてほしいという願いであり、最後まで受け止めたいという祈りでもある。

膝が曲げられ内股に手が入って、脚が付け根からさらに大きく広げられていった。

マリーネの両目はしっかり閉じていても、視界とは関係なく声が出る。

「見ないで、いや、お願い……っ、あんっ」

「眼に焼き付けるんだ。お前のすべてを――」

呟きなのか宣言なのか。

膝が震えて閉じたいと喚くが、彼の手が押さえつけて許さない。

彼女の手の一方は枕をひねって掴み、もう一方は身体の横に落ちて、下肢へ向かっていたイリスの頭部を掴もうかどうしようか迷っていた。迷う時点で許しているも同然だ。

大きく広げられたマリーネの足の間に、半身を起こしたイリスがいる。

マリーネの両目から、閉じていても涙が零れ始める。羞恥や驚きや、先行きの怖さから溢れ出てきたようだ。

どうにか薄目を開けると涙で揺れる視界の中に、彼女の広げられた内股の深くへと視線を向けるイリスが見えた。

彼の上半身が裸なのは、最初の時点でガウンを脱いでベッド横へ放ったからだ。

そこまでは見ていた。それがいま、なぜかズボンまでも穿いていない。

マリーネは、真っ赤になって慌てて目を閉じた。彼の下肢へは視線を向けられない。

「イリス……イリス……」

こんな格好をしている自分をあの眼に晒すのかと思い至ると、どうしようもなく恥ずかしくて、はしたない己を隠してしまいたくなった。

「いや、いや……見ちゃ、いやぁ……」

「可愛い……マリーネ」

掠れた声音で小さく呟いたイリスは、彼女の陰部に向かって顔を伏せてゆく。

彼はマリーネの恥ずかしい場所を眺め、そして指を伸ばすと、しっかり閉じていた割れ目を擦った。何度も、何度も。

やがて蜜が溜まったのを見計らったようにして、彼は指を差し挿れる。

「あ——……っ……あ、あ、」

おこりのように躰が震えた。腰が逃げを打つが、許されない。拘束でもされたかのように、股間は彼の手の内だった。

イリスの指が会陰をさ迷い恥裂を開き、やがてそこは口付けを受ける。

「やめて、やめて、あぁ、恥ずかし……っ、イリス……っ」

「命令すれば、止まる。……けど、見逃してくれ。愛したい……」

いまさら止めるわけがない。この状況を許した時点で許可は渡していた。

それくらいの自覚は持っている。恥ずかしいだけだ。

自分の様子が人に見せられないものになっているのに、イリスが見ていることに、どうしようもなく羞恥が募る。

「あああ……っ」

下の口への口付けは、胴震いを誘うほどの衝撃だ。快感は、恐ろしい感覚だと思う。

イリスは彼女の女陰を愛撫した。

それはもう丹念に舌が這い、やがて陰核にたどり着いて、唇でそこを挟まれてしまった。

「きゃ……っ、あぁあ……っ、ア——……っ」

背中がのけ反る。イリスの両腕でがっちり拘束された太ももが、全身を快楽に襲われると同時にひくひくと揺れた。

淫靡な芽は感覚の粒となって、攻撃にも似た快感を次から次へと走らせる。

ひっきりなしに漏れる吐息と嬌声はやがて高く掠れ、マリーネは腰を浮かせて高みへと昇っていった。

蜜は溢れ、腰は浮いたままで喉から迸るのは声なき悲鳴だ。

「ひぁ――……ァ……っ」

抑えようもなくがくがくと震え、マリーネは初めての声を上げながら達した。

蜜壺の口が収縮するようにして痙攣する。指を食んでいるかのようだ。

しかしイリスの指は抜かれずに、もっと深く入って肉壁を刺激している。

はぁはぁと息遣いも荒く、走り抜けた快感をどうにか散らせてゆく間に、マリーネの両脚が彼の肩に乗り、一旦はリネンの上に沈んだ腰が浮いた。

指が陰唇を開き、硬い一物がそこに当てられる。

「マリーネ。止まらないんだ。やめさせたいなら、命じろ。……ここが最後の一線だ」

命令で強制的に行為を止めろとイリスは言った。不完全な召喚契約でも、この一瞬の動きをやめるよう言えば、彼は止まるのだろう。

不完全だからこそ、そこにはイリスの意志の力も必要になるに違いない。

それでも止めてくれると言っている。彼女のために。

「イリス……。いいの、これは……必要なこと、だから……、わたしの望む……」

『私の望む』の続きには『ことでもあるから』と続けたかったし、言ったと思っていた。

こういう状態に慣れていないために伝えきれなかった。

しかもマリーネは、国のために、あるいは家族のために召喚契約を強固にすると彼に言っていた。すべては計画の内なのだと。

契約だからこそ彼女は応じたのだと、イリスがここで誤解したとしても誰も彼を責められないだろう。

停止の命令は発せられることはなく、イリスの男根はマリーネの陰部へ挿入された。

「ん――……っ、んっ、んっ……」

くんっ、くんっ……と引き攣ったように顎を反らして、挿入の衝撃と痛みに耐える。

内部からやってくる引き裂かれる痛みに、いまにも意識を飛ばしそうになりながら、マリーネは声を出したくなくて耐えようとした。

嬌声は漏らしても痛みの声は上げたくない。

それはずっと昔から、あらゆる面で姉たちと比べられてきた彼女が、鏡に向かって笑顔の練習をしたときと似ている。耐えて、相手に笑みを渡すのだ。

「……大丈夫、か？　痛いか？」

「平気……」

目を細く開けて彼に向って微笑む。

涙交じりでは格好が悪いと思いつつ、引き攣っていないことを祈る。

「マリーネ……」

感極まった声で彼女の名を呼んだイリスは、緊張なのか我慢なのか分からない顔つきで額に汗を浮かべていた。

ゆらゆらと揺れて見えるのは彼女自身が無意識に流す涙のせいだ。

動きが速くなり、彼の雄はすべて彼女の膣内に納まる。

「あ、あぁっ……ひ っく……イリス、……イリス」

うわごとのように彼を呼ぶ。

一物が引いても、完全に外へ出る前にまた突かれ、激しい動きが彼女を襲った。

もはやついてゆくことも難しい。ただひたすら感受するだけになり、やがて内部に奔流が叩きつけられた。

「は……ぁあ……」

ため息のような吐息と共に受け止める。

「マリーネ……素敵だ……」

彼女の胎内にあった雄は、感嘆したと言わんばかりの囁きとともに、萎えてずるりと抜け出ていった。

彼女自身の蜜と彼の情液で、内部はさぞかし濡れたことだろう。

最後に一言言わなくてはならないと思い出したマリーネは、無我夢中で小さく言う。

《イリス・デュエル・フィッツは私が召喚した者。互いの身を一つにして共に戦う》

契約の言葉など知らなくてもイリスは答えた。

《マリーネ・クランベルは私を召喚した者。命の限り共に闘い、共にあることを誓う》

まるで結婚式での誓いの言葉だ。しかし召喚契約である以上、解除と共に消える。まさにいまの自分たちの関係そのものだ。

金色に光を放つ魔法陣が浮き上がり、重なる二人をその中に入れてさらに光る。

やがて光は収まり、彼女は隣に身を横たえたイリスと一緒に眠りについた。

翌朝、目を覚ますと隣で眠っていたはずの彼がいない。

驚いたマリーネはすぐに身を起こした。

「あ……」

裸の上半身を空気に晒したことで自分のあられもない姿に気が付くと、慌てて上掛けを引き寄せる。足の付け根の奥がしくりと痛んだ。

胸のところを隠してベッドの周囲を見回す。

イリスは窓際に立って外を見ていた。銀色のガウンと濃い色のズボンという昨夜の姿だ。

背中の半分ほどまである黒髪は、いまは括っていないのでまっすぐ下りてガウンの上に無造作に散らばり、さらりとした感じがはっきりと目に映る。

〈漆黒の槍〉はこの髪からきているのだろうか。

ここに、特別な両眼の青と黄金が加わるのだから、受け取る印象は外見だけですこぶる強烈だ。

一度見れば忘れないし、御前会議で、フィッツ帝国の皇子であると証言をした者が幾人も出たというのも頷ける。

外見が強烈なだけに、イリスの噂は多大にあった。

どれもが冷静沈着で笑顔など見たこともないというものだが、目の前の彼はよく笑う。

――結局、人となりの本質は、外側だけでは分からないということね。私もそうだもの。

〈あまりもの姫〉という陰での囁きに対抗するには、明るく元気に振舞い、笑顔で応えるしかなかったから、そういう外側の自分を作ってきた。

長い間被ってきた作り物の外の身は、もはや外す機会さえない。

イリスは、『精神が二つに割れて核たる本質がここへ来た』と言った。だから、こちらが彼の本質だろうと思いつつも、もう一方を取り戻さない限りそれは分からない。

――そこが一番大きな不安ね。

イリスの魔法力は二つに分けても巨大なものだった。

その彼を捕縛して操っているという宰相のエリックは、いったいどれほどの力を持っているのだろうか。

――私は皇帝城へ行って、そのエリックと会う。

純粋な恐れに包まれて、鼓動がどくんっと打ったがそれを押して微笑む。

国のため家族のため、さらには自分のためであり、なによりイリスのために皇帝城へ行く。

決意を込めたまなざしになっていたのを感じたのか、イリスが振り返った。

陽光に溢れた窓を後ろにしているので、顔の陰影がより深く感じられる。

笑っていない彼は、あまりにも静けさに包まれるので少し怖い。彼女に向かってすぐに微笑んでくれたのでほっとする。

銀色のガウンは両肩に引っかけただけで前側は無造作に開いていた。

胸の筋肉が垣間見える状態で、けだるげに髪を掻き上げたイリスはおそろしく艶めかしい。

――た、倒れそう……。危険な男って、こういう人のことね、きっと。

半分とはいえ、長年の捕縛からようやく脱出できたから、心身共に自由を満喫しているという開放感が伝わってくる。

もっとも、マリーネが次の縛り手になってしまっているから、真の自由からは程遠いのだが。

特に、昨夜は行為の最後で新たな契約を上書きしたので、イリスの魔法力はこれで完全にマリーネ次第になった。

彼の視線がマリーネの全身を這ったのに気が付いて、彼女はあたふたと朝の挨拶を繰り出す。

「おはようございます。イリス」

「おはよう、マリーネ。良い天気だな」

近づいてきてベッドに座ったイリスは、裸身でいるのが恥ずかしくて俯いた彼女の顎を軽く掴む。くいっと顔を上げさせられ、頬にキスを受けた。そして口端に。

朝の挨拶だと思うが、思わず目を閉じて彼の唇に意識を集中する。

イリスの手が上掛けで隠しきれていない素肌の肩に置かれ、抱き寄せられる。

背中側に回った彼の両腕が交差して後ろからマリーネの両肩に回り、ぎゅっと抱きしめられた。

肌に直接触れるイリスの手の平が想像以上に温かくて、マリーネは頭を傾けて肩の上にある彼の手の甲に頬を載せる。

「どうした？」

「……イリスの手が温かくて、なんだかとても安心するの」

マリーネは、自分の中で彼に守ってほしい気持ちが出ていることに気が付いた。

――共闘なのに依存心が出ている。いつもお姉さまたちに守られているから、私は守られることに慣れてしまっているかもしれない。だめよ、それでは共闘にならない。

マリーネは顔を上げて離れ、イリスを見て笑う。

こういうときこそ笑顔なのだ。

「今日は忙しくなりますね」

「そうだな。お前の両親にすべてを話して、末の王女を城から出してほしいとお願いしなくてはならない。まずは、結婚のお許しをもらうことからだ」

「両親は、国王と王妃という立場で物事を判断します。帝国の皇子を召喚した以上、そういう形でもよいと考えられましたから、きっと喜ぶでしょう」

「私が半分しか召喚されていないと話してもか？」

むぅっと黙ってしまったマリーネの様子を眺めてイリスは肩を震わせて笑った。

「なにがそれほど可笑しいの。悩みどころではありませんか」

「お前の困った顔は可愛いな。もっと困らせたくなってしまうぞ。宰相のことで、ご両親を悩ませるのは間違いないんだ。娘をそこまでの危険地帯には送り出せないだろう？　うーん、これは詳細に説明しないといけないな、……昨夜のこととか？」

「う……、それは言わなくても」

イリスは、ははは……とわずかに声を出して笑う。最後の一言は冗談なのだ。

「もうっ、そういうのはやめて」

言えば言うほど、面白がってイリスは笑った。

「すまん。初心な感じがすごく良くて、つい」

なにが『つい』だ——と、呆れたふうでマリーネは彼の胸に頬を寄せてイリスの鼓動を聞いた。

こんこんと扉が叩かれ、はっとして顔を見合わせる。

「誰？」

「ラナです。マリーネ様。朝のお支度はどうなさいますか」

すでに陽は上り、午餐の時間が近くなっている。

「始めます」

マリーネが答えれば、ラナが入室してきた。

ベッドの上にいるイリスとナイトドレスを纏わないマリーネを見ても表情一つ変えないのは、侍女の鏡とも言えそうだ。

ラナは二十歳くらいだと聞いている。

もうすぐ十八歳になるマリーネと大して変わらないのに、ラナはとうに一人前だ。

――お姉さまたちのおまけじゃなくて、私も一人前の王女として立ちたい。

父王の使いをこなせないようでは自分でも情けないから、頑張る。

「私も着替えだな。マリーネ、あとでまた」

「はい。まずは食事ですね」

「そういうことだ」

軽く片手を上げたイリスは、隣にある彼のための寝室兼リビングへ行った。

マリーネのナイトドレスを床から拾い上げて渡してきたラナに言う。

「居場所と食事を用意するのは召喚者の義務だけど、彼の場合は身の回りの世話をする人も必要だわ。王女宮の侍従長に人の手配をするよう使いを出さなくてはね」

「国王様付きの侍従長が、老若三人の侍従を手配いたしました。隣で待機しております。女官長が侍女を三人選んで、後ほどご挨拶にお伺いするとのことですから、ご心配には及びません」

「そう。お父様とお母様のご指示……ということね」

末の王女の結婚相手として厚遇するつもりなのだ。多分母の進言だろう。

「彼のことは、どのように呼ぶことになっているのかしら」

「国王陛下の内々のご命令で、〈黒のお方〉――と」

「イメージが黒、だものね」

目を丸くしたマリーネは、あまりにも『秘密があります』と言わんばかりの呼び名に、ぷーっと吹いてしまった。

どうやら、イリスの明るい笑いは彼女にも伝染しているようだ。

「私の〈食事の間〉に午餐の用意をしてね。そこでイリスと二人で食事をするわ。お父様の午餐には、欠席しますとお伝えして」

「かしこまりました」

イリスは公の場に出ない方がいい。

両親は、マリーネの不確かな今後を考えて名前は伏せるべきだと判断したのだろうが、宰相の耳にイリスがここにいるのを悟らせたくない以上、この配慮は好都合だった。

ナイトドレスをラナに手早く着付けてもらい、マリーネは書斎机で父親に伝言を書く。

『お話があります。私にとっても、王国にとっても、重要なことです。どうかお時間を取っていただけますようお願いいいたします』

きっちり封をしてから侍従に持たせて父親の執務室へ届けるよう言い渡した。

そのあとは入浴とドレスの着付けになる。

入浴のときに、腕の付け根や太ももの内側に点々と口付けの痕があるのを見つけて、のぼせそうになってしまった。

そしてドレスの着付けだ。人手が必要になるので、ラナの指示で数人の侍女に囲まれた。

そのときラナに耳元で囁かれる。

「昼間のドレスなので見えないと思いますが、髪は下ろした方がよろしいかと存じます」

「なぜ？」

「……お背中に、……その、……痕がたくさんありますので」

「‼」

羞恥が勝って顔が上気するのを止められない。

そういえばと思い起こせば、眠ってしまう前に彼女の至るところにキスをしていたイリスは、マリーネをうつ伏せにして長々と背中を眺めてから、手の平で撫でていた。

眠気に勝てず彼女は眠ってしまったのだが、イリスはそれからどうした？

――私の背中をとても気に入っているようだったから……。キス塗れに……。

戸惑いの中で考えるマリーネは、それが深い愛情の迸りだとは気が付かなかった。召喚契約をしたという事実は、彼女自身の心も縛っていたのだ。

「ありがとう、ラナ。背中を見られないよう注意するわ」

「はい。ではこのまま着付けて、髪は解した状態で梳いておきます」

「お願い。特に髪はすぐにもつれてしまうものね」

ふふっと笑うと、ラナも微笑で返してくれた。

彼女専用の〈食事の間〉で、同じように入浴して着替えたイリスと午餐を取っているときに、父親から返事が届く。

食べている最中では行儀が悪いと思いつつ、すぐに封を開けた。

「お父様が、お茶の時間を一緒に過ごそうと誘ってくださいました。イリスもどうぞ……って。家族会議の時間にすると書いてあります」

「もちろん、ご相伴に預かる」

そこですべてを話すことになる。

――まだ食事中なんだから。

マリーネは思いつめた顔にならないよう心して食事を楽しむ。

肉を頬張って『美味い』と笑うイリスと目が合うと、彼女は楽しげに自分も肉の切れ端を口に運んだ。

すると彼は、今度はもっと大きな一片をがぶりと食べる。

マリーネは、負けないとばかりに大きな切れ端を口の中に放り込んだ。

……が、大きすぎたので、ナイフとフォークを皿の上に置いて口元をナプキンで隠しながら咀嚼することになった。

それを見ていたイリスは、顔を横に向けて大きく笑った。

貴婦人とは言えない行儀の悪さに恥ずかしくなったマリーネは頬を上気させるが、笑ってくれるイリスにつられて彼女も心からの笑みを浮かべるのだった。

「食事がこれほど楽しいとは、思ってもみなかったぞ」

イリスは、最後に出されたデザートに手を伸ばしながら言った。

「私も。とても楽しいです」

国王主催の午餐の会や晩餐などで、マリーネは王女たちの末席に座る。

姉たちの他は誰も話し掛けてこないから、マリーネは、何とか微笑みながら機械的に口を動かしていた。

どうにか話し掛けても、緊張が伝わるのか、それとも内容がつまらないのか、簡単な返事しかもらえない。

一生懸命に微笑み、一生懸命相槌を打っている間に、食べること自体を忘れてしまう。

どれほど美味しい食事でも味気ない時間だった。

それが、イリスとなら、料理が美味しいと言い合いながら食べてゆく楽しい時間になる。

ずっと続けばいいいと思いつつも、脳裏で首を振る。

——叶えられない望みを持ってはだめ。すべて終わったら修道院へ行くのよ。だって、どう考えても〈あまりもの〉の私では、彼の歩みの重荷になってしまう。

マリーネは、いまのイリスと自分を取り戻して真の自由を手にしたあとの彼は、考えが違ってきて当然だと思っている。

これはイリスを信用するとかしないとか、そういう問題とはかけ離れていた。

彼女はそのときのために、お守りのようにして『修道院へ行くのよ』と自分の中で唱える。

「やはりこのクッキーは美味いぞ」

自分の考えの中に入り込んでいたマリーネは、イリスの声に、はっとして顔を上げる。

デザートに寄せられたのはマリーネが焼いたクッキーだ。召喚魔法の前日に焼いた分は、これでもう無くなる。

美味しそうに食べつくしたイリスは、マリーネに頼んでくる。

「国王陛下のお茶の時間まで、傍につけてもらった侍従に王宮の図書室へ案内させようと思うが、いいか？」

「一緒に行きましょう。そのあとでお父様のサロンへ向かえば、ちょうど良い時間になります」

「お茶の時間か。長丁場になりそうだな」

「そうですね」

すべてを話して判断を仰ぐ時間だ。短時間で済むとは思われなかった。

食事を終えると、二人は連れ立って図書室へ向かう。

王宮の図書室には、資料や、地図や、巷で流行の読み物などあらゆる書物が揃えられていて、司書の役目を持った士官がいなければ、目的物を捜すのにとても大変な場所だ。

図書室でイリスが手に取ったのは、クランベル王国の歴史書と、他国の資料だった。

マリーネは不思議そうにイリスに尋ねる。

「他国の詳細な資料になると、その国の言葉で書き綴った箇所も多いわ。特に南方国は難しい言語なので、私には読めません。興味はあるけど……、イリスには分かるの？」

「知りたければ私が教える。大陸の言語はほとんど分かるからな」

フィッツ帝国とクランベル王国、その他周辺国では同じ言語を使う。

帝国が南下を始めると、すぐにも支配下になってしまう程度の距離しか離れていないことを、言語が証明しているようなものだ。

遥か南方になれば、言語どころか風習なども大きな違いがあると聞いている。

言語が分かるということは、風習や暮らし方、政治形態などの知識も持っているに違いない。

「すごいのね、イリス」

「エリックは、人物像や野心はどうあれ博識だ。傀儡皇帝にするにも知識に基づいた威厳は必要だから教えた。私がある程度自由に動くときにボロを出させないためでもある。強制的に学ばせられたぞ。命が天秤に載れば、大抵のことはできるようになる」

「……」

笑って語る彼の様子に陰はない。

たぶん、そういう状態でも知識を得られたのは良いことだったと思えるだけの前向きさがあるのだ。

——私とは違う……。

姉たちに対するコンプレックスに塗れて、時として後ろ向きになってしまう自分とは。

「どうした、マリーネ。眉根が寄っているぞ」

イリスは人差し指で彼女の額をつんつんと押した。

マリーネはむっとして抗議する。

「私は背丈が少々足りないかもしれませんが、子供ではありません。そんなふうにしないで」

「子供でないのは、昨晩十分確かめたさ」

昨晩というところで意味深な顔をされると、マリーネは頬を上気させるしかない。

こういう揶揄にはまったく慣れていない自分を振り返る。

――私、もしかしたら〈箱入り〉という状態じゃないかしら。いつも守ってもらっているし。

様々な思いが絡まったあげく、目じりに雫まで溜まってきた。

なんと情けないことかと首を横に振って散らせたが、イリスはそういうマリーネをしっかり見ていた。

「すまん。揶揄ってはいけないな。反応が可愛いから、つい弄りたくなってしまうんだ」

顔を見られたくなくて俯くと、イリスの腕がマリーネを囲って抱きしめた。

マリーネは目を閉じる。

やがてキスが落ちてきて、昨夜の続きのようにして唇で深く交じり合う。

すると身も心も満たされてゆくのだった。

マリーネ付きの侍従が時間だからと呼びに来たので、父親が幾つも持っているサロンの一室へ向かった。

そのサロンは、日ごろはなにも置いていないがらんとした部屋で、必要に応じて必要な数の椅子を並べられるようになっている。マリーネも滅多に入ることのない部屋だ。

誰何を経て二人で入室した。

広い部屋の奥にある暖炉の前方に、幾つもの一人用ソファが円を描いて設置され、それぞれの右横に小さなテーブルが用意されている。

小テーブルの上にお茶を置いて、全員が円形の中心を向いて座る形だ。

ソファは八つ置かれていた。

暖炉には、まだ火は入っていない。扉からもっとも遠い暖炉近くの最上席に父親が腰を掛け、暖炉分の間を開けて母親の王妃が座っている。

母親の隣から下の双子の姉たち、父親の隣から上の姉たち、もっとも手前の二席が空いているから、そこがマリーネとイリスの席になる。

——お姉さまたちも同席なのね。

家族会議と伝えられた通りに、全員が揃っていた。

——お父様たちは立場上、イリスとの婚姻は賛成なさるでしょうし、国王の正式な使者として私が皇帝城へ行くのもお許しになると思うけど、お姉さまたちは……反対かしら。

顔が引きつりそうでも、笑みと共にドレスの裾を摘まんで腰を屈(かが)め、挨拶をした。

「お父様、お母様、お姉さまたち、みなさまお元気ですか」

その日初めて顔を合わせるときの挨拶をする。

そこにいる面々は口々に『あなたも元気そうでよかったわ』や『元気よ』と、答える。

次にイリスが全員に向かって軽く頭を下げて挨拶した。

「改めて名乗らせていただく。フィッツ帝国の皇子、イリス・デュエルです。どうぞお見知りおきください」

父親を始めとしたこの場にいる者たちはイリスと初対面ではないのだが、それは横に置いておいて、それぞれ一人ずつ名乗った。

「私がマリーネの父親、クランベル国王だ。召喚の大広間で殿下にはお逢いしているが、名乗りはまだでしたな」

「私が母親の王妃です」

王と王妃は、座ったままで簡単に言った。

次は長女のイメルバだが、イリスがフィッツ帝国の皇子であることをふまえ、さすがに立ち上がってドレスの裾を摘まんだ貴婦人の最上礼をする。

「私はイメルバです。現王の最年長王女です。息子は次期国王になることが決定しています。イリス殿下には是非、息子の戴冠式にご出席願いたいものですわね。帝国の皇子として」

最後の一言は、イリスがここにいることで将来の身分が変化するのではないかという疑念を示していた。

帝国に戻ってこそ地位も保証されるのだ。

姉たちはイメルバの動きに習って、自分の番になると立ち上がって貴婦人の礼を取った。

「次女のアメルバです。イメルバ姉さまとは双子の妹になるわ。私たちは、四つ足の魔獣を召喚して生涯契約を結んでいます」

「三女のルミアです。怪鳥と呼ばれる魔獣持ちよ。見たでしょう？　大きい方が私の召喚獣。背中に乗って空を飛ぶこともできるわ。かなりの速度で飛ぶから、皇帝城まで数刻で行けるのよ」

「四女のミルティです。ルミアの双子の妹です。白の怪鳥は私の魔獣なの。大きさはルミアのより一回り小さいけど　体色を変えられるから空の色に紛れることも可能よ」

秘密裏に空を飛んで目的の場所を探ることができる。

当然イリスもそれを察して目つきが鋭くなった。けれどなにも言わない。

一通り自己紹介が終わったところで、父親がマリーネたちに座るよう指示する。

二人が腰を掛けると、侍従長が若い侍従を引き連れて入室し、それぞれの横にある小テーブルにお茶の入ったカップとソーサーを置いた。

なにも言わずに深く腰を屈めてから、すぐさま部屋を出て行く。

これで国王一家だけになった。

上の双子の夫たちは同席していない。王女の夫として人に会うのを好む者は、王家に迎え入れるには相応しくないと判断されて、最初の段階で結婚相手の候補から外されている。

一息入れてそれぞれがお茶を一口飲むと、家族会議の始まりとなった。

始まりの合図は、当然、父親が出す。

「さて、イリス殿下。なぜあなたが娘の召喚魔法でここへ来たのか、その説明からしていただきたい。強力な魔法力を持っておられるでしょう？　本当に偶然なのでしょうか」

イリスは頷いて答える。

「偶然としか言いようがありません。ただ、こちらへ来たのは、私自身の半分だけなのです。精神的な中核……いわゆる本質がこちらへ来て、外側は向こうに残りました。姿は二つに分かれていますが、同じ形をしているので不足はありません」

姉たちが驚きの声を上げた。母親が目を見開いて尋ねる。

「半分？　なぜでしょうか？　……召喚契約は昨夜上書きされましたでしょう？　人であり、半分だったから、なおさら契約を強固にする必要があったということですか？」

マリーネへの質問も入っていたので、はっきり答える。

「そうです。求婚もされましたので、お受けしました。私は、彼と一緒にフィッツ帝国の中心、皇帝城へまいります」

「マリーネ！　いきなり決めるのはあなたの悪い癖だと言ったでしょう！」

闊達で主張の激しい三女のルミアが大きく声を上げた。

マリーネが反論しようとしたところで、イメルバがルミアを宥める。

「まずは説明を聞きましょう。訳があるのよね、マリーネ。殿下、すべてお話しください」

イリスを凝視する姉たちの視線が半端なくきつい。

父親の召喚獣はすでに契約を解除して魔界へ帰ったから、いまはいない。父親の魔法力では長く契約を結んでいるのは難しかったと聞いた。

姉たちは生涯契約を結ぶだけの魔法力を持っていた。

いざとなれば総力戦と言った通りに、説明内容次第で、この場でイリスと対戦になる可能性も考えているのだろう。

そのとき、イリスの魔法力の縛りを解くかどうかは、マリーネの判断になる。

——解くわ。彼を守るのは私の義務。皆を傷つけないと約束してくれた。契約がなくてもイリスの約束なら……信じる。

イリスは長い説明を始めた。

フィッツ帝国の宰相エリックのこと、彼自身の生い立ちのこと、マリーネの召喚魔法で半分とはいえエリックの捕縛から抜け出られたこと。

「感謝している」

横にいるマリーネに顔を向けて、イリスはにこりと笑った。

マリーネは、はにかんだ様子で笑みを返すと呟いた。

「召喚契約という次の捕縛に入ってしまいましたけど」

「お前の縛りならいくらでも歓迎するぞ」

まさか家族の前でも変わらない物言いをされるとは思っていなかったマリーネは、余分なことを言ってしまったと反省して俯いた。頬が熱い。

彼は目を細めてマリーネを見守り、皆へ顔を向け直して続けてゆく。

フィッツ帝国皇子からの求婚の親書をいまからすぐに作り、真意を確かめるという理由でマリーネに皇帝城へ行ってほしいと己の望みを口にした。

同時に、クランベル王の親書を携えてゆく正式な使者にマリーネを任命してほしいと伝えた。

マリーネに行ってほしいもっとも重大な理由が、召喚者がいないと魔法力が使えないからというものだ。それも説明する。

彼自身は、彼女の護衛をする近衛兵に扮して共に皇帝城へ入るつもりだと言った。

「私の存在は、マリーネの召喚契約で覆われて隠されているので、外見さえ装えばエリックにも分からないのです」

「王の親書を持った正式な使者となるのだな。まさに、王女にはうってつけの役目だ」

父親の言葉を受けて、母親がわずかに身を乗り出す。

「不可侵条約を結びたいとか、講和条約についてとか、商人たちの関税のこととか、そういった内容の親書を持って行くことになりますが、よろしいのですね」

「エリックを倒した暁には、私が直接皇帝に渡します。そのうえで条約を結ぶよう勧めましょう。父は私の意見は取り入れます。エリックの支配下にあったいままでもそうでしたし、この先も私の言葉には全面的に耳を傾けるでしょう。そういう人です」

「……帝国の進軍を止められると、そう思ってもよろしい？」

それができれば、クランベル王国のみならず両国の間に点在する小国家も助かる。

「お母様！　マリーネを生贄にはできません！」

「そうです！　帰って来られないかもしれないのに！」

姉たちは次々に主張した。けれど母親は考えを覆す気はないようだ。

母親は王家の血筋からすればかなりの傍系になる。魔法力はなく、召喚魔法も使えないので、当然、魔獣との契約もない。

王妃として、外から攻められるときに役に立たないと感じていたのではないだろうか。

こういうとき、ことさら国のためという気持ちが大きく外へ出るのはマリーネと同じで、立場に対して力が不足する自分を顧みるからこその思考だった。

イリスは微笑する。それはもう不敵な笑みだ。

「ここは私に賭けていただく他はない。私は絶対にエリックを倒して自分の半身を取り戻す。マリーネを妻に迎え、父には諸外国と適切な条約を結ぶよう提言する。特に妻の故国であるクランベル王国との国交は大切にするべきだと強硬に推すつもりです」

確たる言いようだった。自信に満ちていて、人を説得できるだけの落ち着きもある。

父親が重い口調で話す。

「どのみち、このままでは帝国の南下は止められない。皇子殿下を捕縛した宰相も相当な力量がある。戦ったとしてもこちらが勝てる要素は少ないと思う。下手をすれば隅々まで蹂躙の憂き目を見る。状況転換の突破口が一つでもあるなら、それに賭けるべきだ」

国王である以上、その決定には誰も否を唱えられない。

ただ一人、次期国王の母になるイメルバだけは、意見として主張することが許されていた。

「すべてはイリス殿下が望む先行きでしかありません。私は妹を差し出すくらいなら、全力で帝国と戦います。少なくともいま〈漆黒の槍〉はここにいますから――」

イメルバは父親へ視線をぴたりと当ててると続ける。

「お父様、別の手段も取れるのではありませんか？　マリーネが彼に命じれば、クランベルのために動くしかないでしょう」

イリスは、くつくつと肩を震わせる。

可笑しくて笑うというより、あり得なさを笑っていた。

「さすがに自国の者へ自分の魔法力を向ける気はない。万が一にもそうなったら、召喚契約を力づくで引き千切る。マリーネ相手なら、魔法力の綱引きで共に倒れるのも悪くない」

昨夜、召喚契約をさらに強固にした。

これを力ずくで解除しようとすれば、どちらも回復しない痛手を被るという見通しは正しい。

その場はしんと静まり返った。

ずっと聞いていたマリーネが、がたんと勢いよく立つ。

「私はイリスと一緒に皇帝城へ行きます。イリスの希望する結果が得られるよう、精一杯のことをするつもりです。どうぞ私を送り出してください！」

イメルバの陰にいるような物静かなアメルバが、身を乗り出す。

「宰相を倒して婚儀まで到達するなら、国へ戻らないのも納得するわ。でもね、マリーネ。失敗したら、どんな目に合うか分からないのよ」

マリーネはアメルバへと身体ごと向くと、両手を動かして説得を試みる。

「アメルバ姉さま、私は行きたいのです。いつも守っていただいて感謝しています。気遣ってもいただいたわ。ですがそろそろ、一人歩きを始めないといけません。そうですよね？　クランベル王の正式な使者なら王女として大層なお役目ですし、なによりも私は！」

そこで一息入れて、笑みと共に問題を流してきたいつもの態度ではなく、きっぱり、そしてはっきり主張する。

「王家の者として、命がけの召喚を大失敗とは誰にも言われたくありません。イリスを呼び寄せたことを、生涯の誉（ほまれ）としたいのです」

強く言い切り、そこにいる面々を一人一人見つめた。

泣きそうでも泣かない。両手は拳状態で身体の横にある。

姉たちに対抗するマリーネを見たことがなかった家族は、皆驚いたようにして目を見張った。

マリーネは、最後に目線を横に座るイリスへ当てると、ゆっくり微笑して着席した。

彼も同じように笑って応えてくる。

心が震えるようだった。

イメルバが深くため息を吐く。これ以上の反対は難しいと判断したようだ。

「皇子殿下の正式な求婚の親書とやらはどうやって作るのです。そのあたりの紙に殿下の署名があったとしても、親書とは認められないでしょう？」

「紙の材料を揃えてくれ。皇帝家の秘儀、『変形』と『固形化』で透かしの入った親書の用紙は作れるし、そこに魔法力を込めた私の署名があれば完璧なものになる。エリックは、親書を必ず確かめるだろうが、本物だと分かるだけだ」

「本物と分かった時点で、マリーネは殿下の居場所を知っていることになりませんか？　危害が加えられるのでは？　そう。拷問とか。あり得るのでしょう？」

冷静なイメルバの言葉で、マリーネは真っ青になって身を震わせる。

しかし、彼女はやめるとは決して言わないつもりで唇を固く引き結んだ。

イリスは目を細めたが微笑のようでも厳しさの方が強く出ていた。

「いまの段階で、失敗した場合を考える気はない。私は絶対に半身を取り戻してエリックを倒し、自由を得るつもりだ。あえて言うなら、私のすべてを費やしてでも、マリーネは必ずこちらへ帰すと約束する。そのための方策も練っておく」

再び部屋に満ちた静けさを破ったのは、三女のルミアだ。

「殿下の正体が宰相に分からなくても、その外見じゃ、普通にばれるのではないの？　そんな眼をしている人は、他に見たことがないもの」

「そうよ。オッドアイでしかもブルーと黄金なのよ。衛兵姿でも殿下だってこと、誰にでも分かるわ。特に皇帝城では。そうでしょう？」

ミルティも同じ調子で指摘する。イリスはそれにも答えを持っていた。

「マリーネが魔法力の縛りを解除してくれていれば、自分の魔法で目の色くらいは変えられる。内部へ向ける変形魔法だ。外へ向ける力はエリックに察知されるが、私自身への魔法力使用は気付かない。先にも言ったが、マリーネとの契約で覆われているからな」

マリーネは小さくふっと息を吐く。

クランベル王家の秘儀〈召喚魔法〉は思っていた以上に力のある魔法だった。

彼女の場合は、魔法の発動時に曲がって作用するから、最初に意図した形にはならなかった。

しかも、魔法陣が消えたあとも不安定で揺れているらしく、あとからの修正もできなかった。

イリスとの契約は、力づくで強固さを加えて安定させたのだ。

彼女の魔法力がなぜ曲がるのか、誰にもその理由は分からなかった。

それが、いまこの時に役立つとは、誰が予想できただろう。

「私たちに殿下の姿がそのまま見えるのは、召喚魔法の因子をもっているからよね。実際にはどう見えるの？」

ルミアが身を乗り出してイリスに聞いた。

「魔法力が強い者ほど、私の姿は揺らめいて見える。もしかしたらエリックは、私をマリーネが召喚した人型魔獣、あるいは魔人だと考えるかもしれない」

彼は笑って付け加える。

「普通の者には、その者の意識が大きく作用する。『皇子に似ていても、まさか。目が違う』と思えば、別の人間に見える。護衛兵に扮して本来の姿は隠されても、さすがに目の色だけはそうはいかないから変えるわけだ」

彼はそこにいる面々を見回した。

「マリーネの召喚魔法は大成功だと噂を流してくれ。人型の最強魔獣がやってきたと。もしかしたら魔人かもしれないと付け加えるんだ。そうすれば、エリックも警戒してすぐには彼女に手を出さない。なにが出て来るのか分からないのだからな」

クランベル王家の王女たちはみな輝くようなブロンドで青い瞳だ。

マリーネだけが、赤みが強く出てストロベリーブロンドになっている。彼女のコンプレックスの始まりが髪色だった。

わずかでも違いがあるから、『いざというときには、いままでとは違う魔獣を呼び出すかもしれない』と囁く者もいたのを思うと、イリスの提案は案外うまくいくかもしれない。

ルミアが見事なブロンドを掻き上げながら言う。

「その役は私が請け負うわ。私の魔獣で国中を回って、末の王女の召喚はすごいことになったと言いふらせばいいのでしょう？」

「ルミア、一緒に乗せて行ってよ。手伝うわ。国境付近で白の怪鳥を飛ばせて、怪文書を撒くことにする。きっと帝国内にも広まるわよ」

隣に座るミルティがルミアに続けて参加表明をした。

「小姉さまたち……。ありがとうございます」

アメルバは小さく息を吐いて頷いた。イメルバも仕方がないとばかりに目を瞬く。

最後は父親が締めた。

「では出発の準備を始めよう。北へ向かうのだから雪が降る前に出なければなるまい。王宮から皇帝城まで、王女の一行なら行列となるから半月はかかるな。だから……」

横に座る母親を父親がちらりと見る。夫が頷けば、王宮の女主人は即座に決定した。

「二か月の間に用意をして出発できるようにします。帝国への先触れも必要でしょうから、手配ができ次第、出しましょう」

イメルバが最後にイリスに断言する。

「姉としては、殿下との結婚は反対です。幸せになれると思えないからよ。自分の噂を知っていて？　冷静で冷酷で笑わない皇子殿下。皇帝城のことも聞いているわ。魑魅魍魎(ちみもうりょう)が跋扈(ばっこ)する妖魔の巣だそうよ。そんなところで暮らさせたくないのよ」

「私がいるし、自らの生きる道はマリーネ自身が選ぶ。妖魔の巣でも私と共に生きてくれる気持ちがあるなら、手を取り合えるだろう」

「綺麗ごとよ。いいわ。出発まで多少時間もあるから、姉として、あなたがどれほどの男か試させてもらいます。特に魔法力を。疑似魔法対戦をしましょう」

ソファから立ってイメルバが言えば、他の三人の姉たちはいっせいに立ち上がった。

ルミアがイメルバに向かって宣言する。

「私とミルティが最初ね。〈漆黒の槍〉と謳われた本性を見せてもらうわ。マリーネ、明日辺りに挑戦するから、そのときは彼の魔法力の縛りを解いてちょうだい」

「小姉さまたち、本気ですか？」

「本気よ。イメルバ姉さまたちもそうでしょう？」

「そうね。いいわ、思い切りやりましょう。冷たいという噂を上回るなにかがあれば、妹を渡すにしても少しは納得できるでしょうから」

こうなった姉たちは止まらない。王も王妃も目を見合わせて苦笑するばかりだ。

イリスは笑って『受けて立ちますよ』と言い放つ。

マリーネに至っては、『どちらにも怪我を負わせない約束を……っ！』と声をあげるが、本当か嘘か分からない程度に、姉たちは『うん、うん』と頷くばかりだった。


とにかく前へ進むこと。

宰相エリックを打ち倒してイリスの半身を取り戻し、帝国の進軍を止める。

そのあとのことは、マリーネが考える通り修道院へ行くか故国へ帰るか、選ぼう。

望みを達したイリスが変わる可能性もあるのだから――と、マリーネは心のうちで過ぎる考えを振り払えない。

――それでも行くわ。

自分の未来を打開してゆくには、自ら選んで動く以外にはない。


その夜はそれぞれの寝室で眠った。

イリスはマリーネのところで眠りたいと言い、彼女も了解したが、二人だけで晩餐を取っているときに、あろうことかマリーネは眠りそうになってしまったのだ。

イリスはマリーネを抱いてベッドに運び、眠りかけている彼女の額にキスをした。

「私は一人で眠る。家族会議では緊張したのだろう？　昨晩の疲労も残っているはずだ。今夜も一緒に過ごしたいのは私の望みであって、お前の身には負担だろう」

マリーネは恥ずかしそうに目を伏せた。

「……ごめんなさい」

「なにを謝る。先は長い。共に眠る夜など山ほどある」

できることなら、山ほどあるよう祈りたい。

「おやすみなさい、イリス」

「おやすみ、マリーネ」

彼は部屋を横切り、廊下へ出る大扉とは別のドアを通って隣の部屋へ消えた。

召喚から三日目の夜。マリーネはぐっすり眠った。


翌日はあいにくの曇り空だ。夕方には雨が降りそうだった。

マリーネとイリスが午餐を取ったあと、寝室兼リビングのソファで休んでいるとき、いきなり扉がバンッと開かれた。

驚いて振り返ったマリーネは、大きく開いた両扉のところに立っているルミアとミルティを見て、口をぽかんと開ける。

彼女たちは、上半身は鎖帷子(くさりかたびら)と戦仕立ての銀の鎧(よろい)を纏い、下半身にはいざ戦いとなった場合に王女が纏う厚手のスカートを穿いていた。脚には長めの編み上げブーツだ。

スカートは広がらない仕様で、ドレスと違って床から手の平二つ分ほどは短い。

織りの中に細い針金が通してあり、剣で斬ったり突き刺したりしても簡単には通さない布だという。雨にも風にも負けない、男たちのマントに通じる代物だ。

魔獣を召喚したクランベル王家の者は、王子は元より王女も戦いの場に出る習わしだ。

マリーネも、個人の大きさに合わせた王女用鎧一式を持っている。

いままで一度もそれを使わずに済んできたのは平和だったからだ。

慌てて立ち上がったマリーネは、扉の方へ向いて、姉たちに訊く。

「本当にイリスに挑戦なさるのね」

「そう。というわけで、イリス……いえ、黒のお方。タノモー！」

「……？　ルミア姉さま、なんですか、それは」

マリーネが不思議そうに問う。

「ルミア。違うでしょ。こういうときは『決闘を申し込む！』ではなくて？」

ミルティが言えば、ルミアは口を不機嫌そうにくっと曲げた。

「東の方の書物に書いてあったの。手合わせをするために訪れた者は、扉を開け放ったらこう言うって。決闘とは違うわよ。ギリギリで手を引くもの。さぁ、実力のほどを見せてもらいましょうか。二対一では困るなんて言わないでね。これが私たちの戦闘形態なのよ」

「言わない。面白そうだな」

ソファから立ってマリーネの横に並んだイリスは、可笑しそうに言った。

「小姉さまたち、すぐに始めるのですか！」

「そうよ。王宮の西側にある森でやりましょう。あそこには広場もあるし、湖もある。黒の方には材料が多いところで、私たちには空が開けている場所よ。お互いに都合がいいでしょ。あ、マリーネは来なくていいわ。あなたは、両者の間に入るような無謀な真似をするもの」

「そういうわけにはまいりませんっ！　私にはイリスに対する責任が……っ！」

一歩前へ出た彼女の肩をイリスが掴んで動きを止める。

「それがいい。近くにいると、お前の安全が気になって集中が乱れる。ルミア王女、『まいった』と言えば終わりにする。それでいいな？」

「望むところよ！　マリーネを妻にしたくば実力を示せ……ってこと！」

ルミアが華々しく笑って答えると、ミルティは大きく頷いた。

イリスは楽しくてたまらないと言わんばかりに大笑いをしながら、不安げに見上げるマリーネに言う。

「さぁ、魔法力の縛りを解いてくれ。私も思い切りやってみたい。この状態でどこまでできるか自分の力を試させてもらう。もちろん、傷つけるつもりはないぞ」

「イリス……」

「マリーネ。自分を危険に晒しても私を守ろうとするお前の姿勢には敬意を払うが、その分、危険度も跳ね上がる。万が一にも怪我をさせたら後悔してもしきれない。待っていてくれ」

そしてイリスは表情も豊かに笑う。

「んまっ、ルミア、見た？　あのふてぶてしい笑い顔！」

「えぇ、見ましたとも。これはもう、こてんぱんにするしかないわね」

マリーネには楽しそうな笑みだと感じても姉たちには違うものに見えたらしい。

「お前には別の客があるようだ」

「えっ？」

新たに部屋へ入ってきた者へ目線を向ける。

イメルバとアメルバだった。こちらは貴婦人のためのドレス姿だ。

「大姉さまたち、……！　私になにか御用なのでしょうか？」

「あなたには、こちらを叩きこんでおかなくてはね」

イメルバが笑って後ろを振り返ると、侍従がワゴンを押して現れた。そこには分厚い書物が何冊も積まれている。

その表題をアメルバが優しい声音でとうとうと読み上げていった。

「こちらは『王妃の心得』『大陸の交流について』『一国の王に嫁ぐ者に必要な教養』。他に『帝国と呼ばれる所以（ゆえん）』などね。たくさんあるわよ。皇妃となるための勉強をするの」

唖然としたマリーネの横で、イリスは声をあげて笑う。

「頑張れよ」

彼をきっと睨んだ彼女は、しぶしぶイリスの魔法力の縛りを解いた。ふと気が付く。

「イリス、服はどうします？」

彼はドレスシャツに上着にズボン、そして短ブーツだ。

「このままで構わない。必要とあれば、その場の物を材料にして鎧の一つくらい作れる」

「すごい。便利なのね」

感心したのはマリーネだけではないだろう。

イメルバの両目がすっと細くなった。

「さすがは帝国の誇る最強の魔法力を持つ者ね。……としても、秘儀には材料が不可欠なのでしょう？　なにもないところから、武器は作れないと思いますけど」

「最後は自分自身を材料にする。実はそれがもっとも効率がいい。己の魔法力を貯めておけるし、魔法力を通しやすいからな。ただ、そこまでの状態になったことはない」

そこで勢い込んでルミアが言う。

「そこまでの状態とやらも確認したいものだわ」

ミルティも頷いて賛同した。

二人ともに顔が引き締まっている。本気で掛かるつもりなのだろう。

マリーネは深く溜息を吐いた。イリスの強力さは、契約をした時点で、肌で感じ取っているので、彼自身の心配はさほどしていない。

そしていま、マリーネがするべきことは勉強、らしい。

「マリーネ、口が尖っているぞ」

笑いながらイリスは指摘する。マリーネは彼をきっ……と睨んだ。イリスは笑って受け流す。

彼はルミアたちと一緒に足取りも軽く部屋を出て行った。

「マリーネ。あなたが怒った顔をして睨むなんて、珍しいわね」

アメルバが笑っている。

その隣に立つイメルバの怖いような微笑に晒されたマリーネは、二つ目の溜息を吐いた。

以前にも教えを受けたことがあるが、教師となったイメルバは、それはもう厳しいのだった。

イリスがどのように姉たちと戦ったのか、マリーネは知識の大量摂取でフラフラになりながら、夕方戻ってきたミルティから聞いた。

その時点で上の姉たちは『また明日ね』と言って退出している。

ミルティと同じように夕方戻ってきたイリスは、汗をかいたと言って湯殿に向かった。

彼が身なりを整えたら、いつもと同じようにマリーネと向き合って晩餐になる。

ミルティは、寝室にある三人掛けソファに座ったマリーネの横にどさり腰を落とし、ぐったりしながらラナが出したワインを一口飲んだ。

「まったく……！　黒のお方が、自分をすべて取り戻したらどうなるのかしらね。どれほどの魔法力を持つのか、想像するだけで怖いわ」

「そんなにすごかったのですか」

「手加減されていたのよ！　それなのにこのありさまなの。マリーネも知っているでしょ。私たちが得意とするのは、怪鳥に乗った空中戦よ。彼はね、木屑で土台を作って、その上に乗って空の領域へ参戦してきたのよ。誘導魔法ってすごいのね」

変形して固形化、その上に乗って空を移動する誘導。聞いただけでも驚く。

「でも、小姉さまたちなら十分躱せますよね？　怪鳥はものすごく速いですし、生物だから柔軟な動きが可能です」

「山のような枯葉や木くずが、つぶてになって襲ってきたわ。私は下から補助したけど小魔法では相手にならなかったわね。ルミアはぜーぜー言いながら目いっぱい対抗したの。でも、力尽きて、魔獣の背中に乗っていられなくなったのよ。墜落したわ」

「墜落！　大丈夫でしたか？　怪我は、……ないですよね。イリスはお姉さまたちに怪我なんてさせないはずです」

マリーネが心配しながらも主張すると、ミルティは微笑んで妹の頭を撫でた。

「ミルティ姉さま！　子ども扱いはやめてください」

「ごめん、可愛いわね、マリーネ。そんなに彼を信じているの？」

「私は召喚者ですから。契約した以上、約束したことは守られると分かっています」

力強く断言すれば、ミルティは大きく笑ってから隣に座るマリーネを抱きしめた。

「うふふ……。傷一つ負っていないわよ。落ちる途中で空気の風船のようなものがミルティを包んだの。ゆっくり地面に下りたわ」

マリーネは、緊張していた肩から『ふぅ……』と力を抜く。

「彼はね、マリーネ。強力よ。戦闘中だというのに、手加減することも、私たちを守ることもできてしまう。私たちは木屑だらけになったわ。あれが矢や槍の形で先端に石の刃が構成されていたら、命はなかった。敵となったら、私たちではとても勝てない」

「……」

召喚で彼をここへ呼び出していなければ、戦場で顔を合わせる相手だった。

「頭から木屑塗れになった私たちを見て、あの男は大笑いをしたのよ！　それはもう楽しそうに、枯葉の上に座り込んでしまった私たちに手を伸ばして立たせたわ。余裕綽々なんだから！」

ミルティは溜息と共に続ける。

「一週間後は、イメルバ姉さまたちが相手をすることになったの。私たちの動きから対策も立てられるけど……、打ちのめすのは難しいわね。そのあとは、四人で掛かるわ」

「総力戦ですか！」

「勝てるかどうか怪しいけど、やれるだけやるわ。あなたを簡単に渡したくないのよ」

マリーネはミルティの優しいまなざしに包まれて泣きそうになったが、それも一瞬だ。

にこりと笑って姉を見つめたマリーネは、最後に『無理はしないでください』と伝えて、部屋からよろよろと退出するミルティを見送った。

総力戦で対抗しても勝てる要素がなければ、もはや母親が考えた通り、イリスとマリーネが結ばれて王国を守るしかなくなる。

ただ、彼女からすれば、イリスは約束を守るから、結婚が難しいとなっても帝国の進軍は止めるだろうし、クランベル王国に攻め入ることはしない。

――結婚話が潰えたら……、そのときは修道院。

お守りのようにして考える。

彼が本当に噂通りの者となって約束を違えてきたら、契約を解除しないと断言する。

そしてもろともに滅びよう。

イリスとの晩餐は相変わらず楽しい。

その最中に、彼はマリーネを見つめて不意に訊いてきた。

「お前が国王陛下主催の晩餐に出ないのは、私のためだろう？　公式の場に出られない私が、一人で食事を摂ることがないようにと考えた。違うか？」

末の王女が公式の場に欠席する理由などいくらでも付けられる。

『召喚した人型魔獣との契約を強固にするために傍を離れられない』でもいいし、『フィッツ帝国へ国王の正式な使者として旅立つ用意で忙しい』でもよかった。

確かにマリーネは、イリスを一人で食事の席に着かせたくない。

せっかく料理を美味しいと感じられるようになったのに、一人では味気ないと思えるからだ。

そんな気持ちを言葉にしたことはなかったのに、イリスはちゃんと分かっていた。

彼女はすんなり頷く。

「そう。食事は、気心の知れた者たちでテーブルを囲むのが一番楽しいと思うの。一人で食べていては、これが美味しいとか、今度はなにを食べたいとか、話もできないでしょう？」

「マリーネのためにもなっているか？」

はっとする。

客人を招いた正式な晩餐会で、誰も〈あまりもの姫〉と話したがらない状態に置かれるより、イリスと向き合って食べる方が、マリーネもよほど楽しい時間を過ごせる。

彼女の事情を、イリスはよく知っていた。

「あなたと食事をするのは私も楽しいわ。このごろね、前よりたくさん食べるようになっているのよ！　これでは、太ってしまうかも」

笑いながら言えば。

「ころころとしたお前もきっと可愛い」

彼が大まじめな顔で返してきたので、マリーネは『ころころとは何事か』と怒ってみせた。そして目を見交わして微笑む。

笑いながら腹に納めてゆく料理はきっと消化も早い。

「このシチューには栗とキノコが入っているぞ。秋だな――というより、夏が終わって秋が近づいたということだな。食べ物でも季節が感じられるのか」

感心したようにしてシチューを味わうイリスは、本当によく笑いよく話す。

マリーネは彼の様子に引き込まれて、同じようにどんな料理も楽しんだ。

練習の成果ではなく、心からの笑顔も自然に生まれる。

――イリスがいなくなったら。私はもう普通に笑えなくなるんじゃないかしら。

目を瞬くのは、きっとメインディッシュの肉からじゅわっと出た湯気のせいだ。

「プディングはいつごろできそうなんだ？　お前の作るものならきっと美味い」

「素人なのよ。上手くなるには何度も作らないと。いまは練習している時間がないから、しばらくは出せませんね」

「残念だ。そうだ、皇帝城にお前のための厨房を造らせよう。そうすれば私はいつでもクッキーもプディングも……そのほかのものも食べられる」

目を丸くしたマリーネは、次には行儀悪く声を出して笑い始めてしまった。

笑いの衝動が止まらない。

イリスは困った顔をしながらも、彼女の笑いを止める効果的な一言を放つ。

「今夜、お前のベッドへ行っていいか？」

それは晩餐の最中に言うことか？

もう少し情緒というか、手紙的なメッセージを寄越(よこ)すとか、給仕のいない二人だけのときに耳打ちするとか。

ぴたりと笑いを収めたマリーネは、見る見るうちに頬をバラ色に染めて、言葉もなく頷くのが精いっぱいだった。

そのあとの料理が食べられなくなってしまったのは言うまでもない。

第三章　彼と一緒なら主戦場へ向かうのも楽しい

眠る用意を整えたマリーネは、ラナを下がらせたあと窓際にいた。

すでに空は真っ暗で秋の気配を漂わせる大きな丸い月が出ている。

けれど月の姿に見惚れることもなく、マリーネは考え事に没頭しながら窓の前を行ったり来たりしていた。

――ドアがノックされたら、すぐにそちらへ行って開ける。イリスが立っているだろうから、最初に言うなら。

緊張のあまり声に出る。

「こんばんは、かしら。それじゃ、味気ないわね。ようこそ……というのも慣れ過ぎた感じでいやかな。じゃ、ごきげんいかが？　なんて……、うーん……」

当然、そのときに微笑は必須だ。

「公式な場での挨拶じゃないのよ。そうじゃなくて、こういうときはもっと」

「そのときの気持ちを顔に出して迎えてくれればいい。その方が、私にもどう動けばいいのか分かるし、体調の加減も察しやすくなる。お前の様子次第で、私の行動も変わるんだ」

「きゃう」

　いきなり背後から聞こえてきたから、マリーネは変な声を出して飛び上がるようにしながら振り返る。

　素早い動きだ。解されている髪が、彼女を中心にして円を描きながら靡く。

「いつの間にいらしたの。ノックは？」

「した。夜だから、大きな音は立てられなかった。訪れることは言ってあるし、静かだから気づくと思ったんだ。眠ってしまっていたら顔だけ見て戻るつもりだった」

　そこでイリスは微笑む。綺麗な微笑でも、ずいぶん意地悪な様子が漂っていた。

　すでに真後ろにいたイリスは、腰を少し屈めて彼女の顔を覗き込む。オッドアイの瞳は、夜になると黄金色の方がより濃くなっている気がする。

「黙って聞いているなんて、れ、礼儀に反するでしょう！」

「聞こえただけだ。……お前は本当に可愛い」

「うぅ……」

　羞恥を含んだ唸り声のようなものまで出てしまい、イリスは大いに笑う。

　今夜の彼は黒い絹のガウンを着ていた。シュルシュルと滑るもので、いつかの銀色もいいが、これもなかなかイリスに似合っている。

　彼は腕を回して緩く彼女を抱きしめる。マリーネはふんわり包まれてひどく安心した気持ちになり、顔を伏せて彼の胸元にコトンと額を付けた。

するとイリスは手をあげて、マリーネの髪をそっと撫(な)で付ける。

「いつもそうして事前に練習しているのか？　笑い方や表情や、言葉まで」

「そうです。お姉さまたちは個性的でお美しいでしょう。私は常日ごろから、お姉さまたちを基準に比べられてきたの。大抵は、末の姫はだめだっていう評価だった」

抱きしめる彼の腕の力が強くなった気がする。互いの顔を見ずに話すのは気が楽だ。

「お姉さまたちや両親はいつも守ってくださっていたから、私は自分にできることを精一杯やって、あとは微笑むだけにしたのよ」

そこで上半身を放して彼を見上げる。

「いつの間にか作った笑みばかりになってしまった。でもね！　イリスが相手のときは、自然に笑うことができるのよ。言葉は、その、どうしたらいいのか分からなかっただけで、こういうのは練習というより検討している、にならない？」

彼はそっと彼女の額にキスをした。

「私の前で表情を作る必要はないし、気持ちのまま笑いたくなれば笑う、泣きたくなれば泣いていいんだ。そのままで」

「……うん。いえ、はい」

イリスは、指を彼女の顎に掛けた。彼のもう片方の手が腰に回っているので、顔を上向けられると、背中を反らせることになる。

上の方から落ちて来るイリスの唇から目が離せない。

――私の気持ちの赴くままでいいと言ってもらえた。

安心感に包まれて口付けを受ける。やがて抱き上げられてベッドの上だ。

彼女が纏っていたのは、薄緑の透けるようなナイトドレスだった。

大きく開いた首元は、たくさんの細かなギャザーになっていて、細いリボンを解いて引っ張るだけですぐに肩が出る。さらに引っ張れば、足の方まで簡単に脱がせられた。

「お前の小さな背中が好きだ」

それだけ言うと、彼はマリーネをうつ伏せにして、彼女の裸の背中に何度も口付ける。

そして両腕をマリーネの身体の前へ回して後ろから乳房を弄ってきた。

左右に揺らして揉み解してから、つくんと出てきた先端を摘まんで弄る。

ぞくりとした感覚に襲われて、マリーネは両腕を突っ張りながら背中を反らす。

彼は唇を押しつけ、背中の肩甲骨当たりの肌をかなり強く吸い上げた。

うっ血した痕が花のようにたくさん咲いただろう。

「あ……あぁ……」

敏感な乳首を指で痛いくらいに引っ張られ、くりくりと捏ねられては、呻くような抑えた声が出始めてしまう。

快感とは不思議な感覚だ。己の意識も思考も一気に征服されてしまう。

伏せているので乳房はシーツの方へ下がっていた。

それをさらに引っ張られると、今度は腕の力が抜けて肘を立てるのがせいぜいになる。

両側から腰を掴んで上げさせられると、膝立ちの四つん這いという格好だ。

脚の間に彼の両手が入って開かれ、イリスは彼女の膝の間にその身を入れたので、臀部を突き出した恥ずかしくもあさましい姿になってしまった。

脳裏に己の姿を描けば、あまりの羞恥に頬ばかりか体中がかぁっと熱を上げてくる。

彼の唇は背中を下って双丘に到達し、腕は位置を変えてマリーネの両脚の付け根の間から前へ回された。

一方は乳房を愛撫し、一方の手は女陰を弄る。

「あん……っ、あ、あぁ……っ」

「尻が、揺れているぞ。気持ちが好いか?」

「言わないで、……あん、あ、……指、速い……」

ぐちゅぐちゅと下肢から聞こえ始めた水音は、彼女の蜜がそれだけ溢れているからだ。

こうなると、自ら望んで彼に臀部を擦りつけそうな危うさが生まれて来る。

それを知ってか知らずにか、イリスは指で陰唇をこじ開け、隘路の奥の方へ差し込んできた。

胸を揉んでいたもう一方の手は、割れ目の端にある淫靡な豆をぐりぐりと嬲った。

「あ――……っ、そ、そこは、……」

どういう仕組みなのか、陰核はマリーネを深く喘がせて身悶えさせる。

快感が深く大きく膨らんでくると、見苦しいさまを晒したくなくて感じるのを抑えようと必死になるが、無駄としか言いようがないほど乱されてしまうのだ。

「濡れてくる。……下の口がひくついているぞ。……指だけでもこれほど乱れてくれるのか。それなら……」

彼は呟き、マリーネの大切な部分に舌を這わせ始めた。

「は……っ、あ……っ……」

呼吸が乱れて、息も絶え絶えになりながらもできるだけ躰が悶えるのを抑えようとした。

しかし、それも無駄な足掻きでしかなく、マリーネは肘を立てていられなくなり、頬を枕に付けてそれを噛んだ。

両手は、横に向けた顔の両側で、枕のカバーを必死に掴む。

尻だけが上がっているから、本当に下肢を彼にささげる供物にでもなったようだ。

せめて恥ずかしい声だけでも聞かれたくなくて枕に歯を立てて噛んでいるのに、息を継げばあえかな声が漏れ、あげくに唾液が溢れて枕を濡らしていった。

イリスの指は隘路を撫でて掻き、彼女の声が高くなったり躰が少しでも震えたりすると、その場所を丹念に刺激する。何度も何度も。

「膨らんできた……。どうだ、ここは」

「ど、う……？　ひぁ……っ、……すごく」

「すごく……、なんだ？」

感じるとは言えなかった。代わりに目じりに涙が浮かんでしまう。

「答えないなら、もっと、強く――」

――もっと強く？　なに？

イリスの指が、膨らんでいるという内壁を何度も掻く。たまらない。

彼の唇が会陰を行きつ戻りつしながら、指と一緒に陰部へ差し込まれた。

もう一方の手の指で、彼女を激しく啼かせる淫芽は激しく扱かれる。

――もう、だめ。

なにがどうダメなのか、言葉では説明できない。

快感は全身を絡めとるが、彼女を痺れさせる愉悦は内部への愛撫から浮き上がる。

もっと……と強請ってしまいそうな、恐ろしい感覚に呑み込まれてゆく。

「あん、あ、あぁ……っ、イ、リス、そこはいや、やめ……て、いや、いや……あぁ」

腰が揺れる。意識しても止まらない。欲しいと訴えている。指ではなく、もっと。

焦らされる愛撫を受けて、本当に息がとまりそうなくらい激しく喘ぐ。

「最初の夜は、余裕がなくて……、もっと好い気持ちにさせればよかったと、山ほど反省した」

彼がなにを言っているのか、理解するほどの理性はすでになかった。

ただ好くて。ひたすら嬌声を迸らせる。

「あぁ――……っ」

マリーネは激しい息遣いの頂点で腕を伸ばし、背中を反らせて達した。

上り詰めて敏感になっているのに、指は激しく収縮する蜜口からまだ抜かれていない。

彼は、隘路の内壁を指腹で感じ取り、指を食んでいる彼女の陰唇の震えや女陰の蠢きを、あの鋭いオッドアイで、視覚的にもたっぷり堪能したに違いない。

ようやく指が離れてゆき、マリーネは肘を崩して再び枕に伏せる。

膝も崩れて腰がシーツの上に落ちようとしたが、それはイリスの両手が許さなかった。

息遣いも収まらないうちに、臀部だけが上がっているマリーネの双丘が指で広げられたかと思うと、秘所の入り口に硬くぬめる一物が当てられた。

「マリーネ……、たまらないんだ。お前を、私の熱で溶かしてしまいたい……。もっと感じて、もっとあられもない姿を、私に見せろ」

「そ、んな、……気持ちが好いだけで、十分なの……。だから……もう、これ以上は……」

「これ以上？　――ここからだ」

彼はたぶん笑った。

なにが、と聞く暇はない。すぐに差し入れられてきたイリスの雄の象徴が、彼女の蜜壺を激しく蹂躙し始める。

しかも、膨らんでいたという蜜路の奥を擦って突いた。何度も。

熱情で突き、惜しむようにゆっくり引く。

引いてゆくときに、漲(みなぎ)りの笠(かさ)が内壁を引っかけると、信じられないほどの快楽に襲われた。しかもその愉悦は、どんどん膨らんでゆく。

「……っ、ア――ッ、そんなに、しないでぇ……っ」

臀部を揺さぶられながら、執拗(しつよう)に攻めたてられた。

「あん、あ、あ、あぁっ……いやぁ……」

「いや？　……嘘を吐くな。肌が桜色に染まって、綺麗だ。……閨でこれほど染まるとは」

そして彼はマリーネの背中にキスをする。

彼女の反応を見ながらゆっくり、あるいは性急に、イリスは繰り返し責め立てた。

マリーネには、閨で自分がどういう状態になるのかはっきり自覚できないというのに、イリスは本人よりも彼女を知っていく。

溜まってゆく悦楽に溺れながら、再び高みへ上る。

けれど恐ろしいことに、陰核を弄られるときと違って、快感は完全に爆ぜてしまわず、襲ってくる頂点は何度も繰り返された。

意識が朦朧としてきたところで、内壁を叩く情液を感じてまた上り詰める。

「……ぁ、――んっ……」

もはや声も出ない。

快感の果ては、想像など追いつかないほど彼女を狂わせるものだった。

指一本も動かせず、はぁはぁと息を吐きながら目を閉じていると、自然に眠りに落ちてゆく。

得も言われぬ肉体の満足感に包まれて眠れるとは、なんと幸福な時間だろう。

明日に別れが待っていようとも、いまはゆっくり共に眠りたい――のに。

身体を表に返されて、マリーネは瞼をわずかに持ち上げた。

ぼんやりした視界の中にイリスの端正な顔がある。上から顔を覗き込まれていた。

「まだ、眠るな」

——まだ？

「悪いが。昼間の戦闘で興奮が収まらない。これでは、お前が眠っていたら戻るつもりだったというのは嘘になってしまうな」

明るく笑った顔で言われる。

マリーネは、再開された愛撫に応じて、体力の限りを尽くして応えてゆく。

応えざるを得ないというか、快感は彼女を休ませてくれない。どうしても反応してしまう。

足を高く抱え上げられて次の挿入を受けるとき、ふと、胎内に注がれて残っている精が溢れ出てしまうのではないかと思った。

（この段階ではどうでもいいことだったが）

——ベッドがすごく濡れそう……。

そしてまた快楽に喘ぐ。

この夜は、熱に浸されてゆく自分自身に驚くばかりになった。


激しい交わりの果てにいつの間にか本格的な眠りに入っていくとき、耳だけは最後まで働いて、しっかり声を拾っていた。

『小さくて可愛いマリーネ……。すまない。半身でしかない今の私ではお前に相応しくないのに、クランベルから連れ出してしまう。けれど、私はどうしても自分を取り戻したいんだ。自分のためもあるが、なにより、まともな状態でお前の前に立ちたいから』

低い囁きは、マリーネが眠ってしまったのを前提に発せられた独白なのだろうが、イリスに似合わない苦しい声音だった。

――イリス……でもね、私はいまのあなたがすごく好きなの。『まともな状態』になったら、婚約はもうやめるとか、クランベル王国とは不可侵条約を結ぶから他はもういいだろうとか、言い出すのではないの？

イリスは、巨大な帝国のただ一人の皇子だ。

自分に自信のない彼女の本音は、こういうぼんやりしたまどろみの中では取り繕うこともできずに、はっきり出てしまう。

――私ね、望みを達した後のあなたに選ばれるとは、とても思えないの。

彼の囁きは、追い詰められた者の呻きのようにして続けられた。

「お前は、契約を強固にするためにその身を渡したのだろうが、私は……」

聞こえなくなった。なにもかもが閉じていく中で聞いた声だ。

ただの夢だったのかもしれない。


出発準備に費やす時間は最初に二か月と決められた。

忙しく過ぎてゆくある日、マリーネは、母親に呼び出された先の部屋で、何着ものドレスの仮縫いをすることになった。

　彼女は不思議そうに母親に尋ねる。

「お母様、使者として行くだけですのに、なぜこれほどの数のドレスが必要なのでしょう」

「たとえ内々であっても、あなたは殿下の婚約者として帝国へ行くでしょう？　もちろん使者としての役目もありますが、ことがうまく運んだ場合、向こうで婚儀を執り行うのではありませんか。ですから、嫁入りに準ずる用意をするつもりです」

「……嫁入り」

　どきどきと胸が高まるわりに、脳内は冷えた。

　よほどうまくいった場合でも、召喚契約の解除が最終章となって故国へ戻るかもしれない、とは言えなかった。微笑むだけで無言になる。

　婚約破棄状態で戻ってきた王女など、もはや誰も見向きもしないだろう。

　――元々の状態に戻るだけよ。

　母親を哀しませたくないので、マリーネは一息入れてからいつもの笑みを浮かべて礼を言う。

「お心遣い、ありがとうございます。婚儀が終わればこちらには戻れませんものね」

　母親は周囲を見回して誰もいないのを見定めてから、目を伏せて本心を滲ませた。

「マリーネ……許してとは言えないわね。どうか幸せになって。心の底から祈っているわ」

　母親はふいに涙を零し、慌てて拭う仕草をした。

　クランベルの王宮は、王妃でもっていると言ってもいいくらいのしっかり者で、上の娘たちの縁談にも剛腕を振るった。

しかし、どれほど気の強い母親でも、マリーネが〈あまりもの姫〉と陰口を叩かれるのは止められなかった。

しかもいまはこうして、国のために不確実な条件で娘を送り出さなくてはならない。

「お母様。私は一人で立って、自分の生きる道を自ら選んでいるつもりです。どうしようもなくなったら泣いて帰って来ますから、そのときはどうぞ受けとめてやってください」

そうして笑った。こういうときは多少作為的な微笑でも許されると思う。

「そうね。いまさらだったわ。いつでも戻って来なさいと言いたいところよ。ですが、いまは伏せておきましょう。イリス殿下を掴んで離さず、婚儀まで行き着きなさいね。できれば子供をもうけて皇妃となり、帝国と故国を守るのです」

「はい。王妃殿下」

王妃の表情で告げた母親の言葉に、マリーネはぐっと唇を引き結んで頷く。

母親は、そういう彼女を、目を細めて眺めた。

マリーネが召喚したのはフィッツ帝国の皇子だった——というのは伏せられた。

召喚のとき大広間にいた者たちには、人型だったのは確かでも、あの名乗りは嘘だったことにしてあるらしい。

それを下地に、下の姉たちが流した伝聞通りに噂は広まっていったようだ。

召喚されたのは魔人かもしれないと内緒話が弾めば、『それなら帝国へ使者として行って、そのまま滅ぼしてくれるといいのに』などと、尾ひれもついてすごいことになっているという。

「ただの噂なのに」

ため息交じりにマリーネが言えば、イリスは満足そうに笑う。

「人型だったのは間違いないから、噂に真実味が出る。……魔人であっても、お前なら懐柔できそうなのに、私で残念だったたな」

「なにが可笑しいの。笑えない冗談です」

マリーネが怒ると、イリスはさらに笑う。

彼女の感情の動きは見ていてすごく楽しいそうだ。

上の姉たちもイリスと立ち合った。

下の姉たちのときと同じで、マリーネがその場にいることは許してもらえなかった。

そのときのマリーネは、下の姉たちの特訓で、ダンスや乗馬、果てはいざという時の短剣の使い方まで教授されていた。

「皇帝城特有のダンスは、殿下と踊ればもっとしっかり覚えられると思うけど、それだけの時間は取れそうにないわね。いま戦闘中のイメルバ姉さまたちはどうなったかしら。ミルティ、白の怪鳥を飛ばしてみる？」

「覗き見したら怒られるわよ、ルミア。私たちと同じ結果だと思うし」

「そんなにイリスは……いいえ、いいです」

予想はしないと決めていた。どちらに対しても申し訳ないからだ。

マリーネにできるのは、できるだけの準備を積み上げることくらいだった。

一週間ほど後になってマリーネの部屋へやってきた上の姉たちが、イリスとの戦闘内容を話してくれた。

上の姉たちの召喚獣は、四つ足の巨大獣で、かなり強力な攻撃魔法を使うことができる。

見たことがあるが、木々が倒され地面がえぐられるほどの威力だ。

そんな上の姉たちの魔獣でも、イリスに対抗するのは難しかったと本人たちから聞いた。

イメルバは憤懣(ふんまん)やるかたなしといった体で言い募る。

「黒の方は小魔法も混ぜられるし、いざとなれば皇帝一族の秘儀もある。半身なら魔法力も半分だと思うでしょう。でも中核がこちらへ来ている以上、ほぼ完璧に力を発揮できると言われたわ。笑いながらね！」

マリーネは、ふふふ……と微笑した。イリスらしいと思ってしまう。

イメルバはすぐにいつもの調子に戻って、淡々と話を続けてゆく。

「材料さえあればどんなものでも変形して固形化できる力よ。しかも誘導魔法で動かせるし、作った武器を手で持ってもいい。材料にする物質の材質や質量など、広い知識をお持ちなのでしょうね。空気でさえ、その成分を知って刃に替えられるのだと初めて知ったわ」

「……空気の刃ですか。〈かまいたち〉と同じですね」

聞いていたマリーネがひらめきに近い独白をすれば、イメルバはそれをたしなめた。

「判断をするのに予想は大切だわ。でも決めつけては危険よ。あなたの場合、こうと思ったらそこで立ち止まって『もう一度考える』ことが必要ね。直ちに動けるのはいいことだけど」

「イメルバ姉さま、ご忠告ありがとうございます。あの、これで終了ではないのですね？」

「次は十日後よ。四人がかりになるわね」

ソファに横並びで座っていた次女のアメルバが頷いてから、楽しそうに付け加える。

「その合間に、イリス殿下には勉強をしていただこうと思っているの」

「えっ？　……イリス殿下は何でも知っていますから、いまさら学ぶことなどないと思います。いまも、この国を始めとした周辺国に関する書物を、空いた時間を利用して片端から読み耽っているようですし。博士たちとも話をしたいと言っていました」

イメルバは鋭い目で宙を見据えると言った。

「別に学んでほしいのではなくて、国同士の戦いの中でどういった戦略を取るのか、どういう判断をするのかをみるのよ。考え方なども ね」

「あのね、マリーネ。戦闘力の次は知識と人間性をみるということなの。半身だけでは確定的なことは言えなくても、垣間見えるものはあるでしょうから」

アメルバが補足して付け加え、一息入れて続ける。

「誤解しないでね。私たちはあなたを閉じ込めておきたいわけではないの。良いお相手がいれば、結婚して王宮を出るのも一つの道でしょう。本当はね。いつまでも私たちの影響下にいては良くない、というのは分かっているのよ」

「アメルバ姉さま……」

独り立ちしたい気持ちが、ただのわがままではないと言ってもらえるのは嬉しい。

心配げな表情を明るくしたマリーネに対して、イメルバが強い口調で告げる。

「でもね、相手は選ばないと。あなたを幸せにできる人でなければね」

マリーネの幸福云々もあれば、イリスが相手では帝国の皇帝一族にクランベル王家の秘儀、召喚魔法の因子を渡すことになる。慎重になって当たり前だ。

国の存亡を天秤に掛けるなら、相手次第でこの結婚を受け入れるということでもある。

イメルバは次の国王の母であり、その教育を担う。

物事を深く考え、確実に推進してゆく力量の持ち主だった。

マリーネはイメルバを見上げてから、そっと目を伏せた。

「イメルバ姉さまはすごいです。最年長者としていかに努力なされたか、いかに勉強や戦闘訓練をされてきたのか、このごろようやく分かってきました」

アメルバがくすくすと笑う。

「それだけあなたも成長しているということよ。どう？　イリス殿下は優しい？」

「はい。優しいです……。あ、優しいですね」

普段の行いや言動ではなく閨の中でどうかと訊かれたのだと悟って、マリーネは頬を上気させながら返事をした。

イメルバは、『ほっほっほ……』と笑いながら、そしてアメルバは『仲良くね』と言って意味深な目くばせをしながら、マリーネの部屋を出て行った。

――お姉さまたちには、まだまだ敵いそうにないな。特にイメルバ姉さまには。

イメルバこそ、王妃にも皇妃にもなれる女傑だと思う。


二か月は瞬く間に過ぎてゆく。

残暑厳しいはずの昼間に涼しげな風が吹き始めると、夜は肌寒いくらいになった。暖炉に火が入る日がたまに出てくれば、落葉樹の葉が急速に色づいてくる。

四人がかりでイリスに挑んだ姉たちはマリーネに言った。

まずルミアが先陣を切って悔しそうに言い放つ。

『あの男はね、私たちを翻弄したあげく大笑いをしたのよ！』

『ルミアがあんまり挑戦的なことを言うからよ。殿下は……えっと、黒のお方はね、私たちに傷一つ付けないように、とても気を遣っていらしたと思うわ』

『ミルティ！　あなたはすでにあの方に懐柔されているみたいね』

『そんなことはありませんっ！　マリーネの夫なら、年齢は上でも私たちには義弟になるでしょう。少しは仲良くできる要素も残して……』

下の姉たちが口々に言えば、イメルバとアメルバも判断結果を教えてくれた。

『知識量は相当なものだったわね。常に宰相から逃れることを考えているから、得られるものはすべて手に入れてきたという感じ。判断なども早いわ。マリーネ、あなたと同じくらいの速度よ。

ただし、殿下は噂通り、冷静で冷徹な考え方をするわね』

イメルバが言えば、いつものようにアメルバが補足する。

『でもね、あの方はよく笑うの。微笑力とでも言えばいいのかしら、何だか、ほんわりしてしまうのよね』

マリーネはくすくすと笑う。

『ほんわりするのは確かですね。イリスが笑うと心が温かくなりますもの。ずっとこうしていられたらな……って、祈りたくなってしまいます』

四人の姉たちは黙ってしまった。

――え？　なにかいけないことを言った？　本心なんだけど。

ふっと息を吐いたイメルバが話を締めてゆく。

『皇子に相応しい力量があるのは認めましょう。戦闘力も、内部に持つ魔法力も、知識や余裕を感じさせる明るい性格も。あなたの夫として合格です』

イメルバの裁定はきっと厳しいラインだったろうに、合格なのかと驚いた。

ほぅ……と息を吐いたマリーネへ、アメルバが少し眉を潜めて言う。

『ただね、すべては半分での姿なのよ。皇帝城へ行って残りを取り戻したとき、どういう人なのか分かるでしょう。そこが、マリーネにとっての肝になるわ。噂がどれほどの真実を含んでいたのか、はっきりするのよ』

どきりとした。マリーネがずっと考えていたことだったからだ。

『はい。ご助言は胸に刻んでおきます。覚悟を決めて赴きます。国を出てから、お姉さまたちはいらっしゃらないのですもの。私は一人で踏ん張るしかありません』

アメルバの指摘は正しいと思うがゆえに、とっておきの微笑を繰り出して見せた。

少しは不安を押し隠せただろうか。

四人の姉たちは一様に目を細めて微笑した。

姉たちは、その後も四人がかりでイリスと対決することを日課のようにして推し進めた。

マリーネがどれほど見ていたいと言っても許してもらえない。

イリスも許可を出さなかった。

『いずれ成果を見せるときが来るかもしれない。それまで我慢してくれ。お前がいると私の気が散って、手加減も難しくなる』

そこまで言われたら、内緒で覗きに行くこともできない。

彼は独り言のようにそっと続けた。

『成果を見せる機会などない方がいいんだがな』

小さな声だったので、マリーネは一部分しか聞き取れずに首を傾げる。

問い直そうにも、次の予定のために侍従が呼びに来たのでそのままになった。

出発を明日に控えた前夜は、家族の晩餐の時間が取られた。

その夜の晩餐は、公のものとはいえ、両親と姉たち、そして上の姉の夫たちが席に着くだけで客人はいない。

そこに、正式に招待されたイリスも加わる。

マリーネにとっては久しぶりになった家族との食事だ。

それなのに別れの挨拶を交えねばならないから、申し訳ない気持ちでいっぱいになった。

——自分で決めたんだもの。寂しいと思ってはいけない。

イリスを召喚してから二か月が過ぎていた。季節はすっかり秋になっている。

これ以上出発は遅らせられない。帝国はクランベル王国よりも大陸の北に位置しているから、もう少しあとになると雪が降り始める。

皇帝城は帝国内の比較的南側といっても、こちらよりはずっと寒いそうだ。

晩餐が始まる前に、前室でイリスと並んで家族に深く頭を下げる。

「行ってまいります。長い間、お世話になりました」

皆は口々に『行っていらっしゃい』や『元気でね』と言ってくれた。

「はい、皆様もどうぞお元気で」

挨拶自体は簡単だ。二か月の間にできることや伝えたいことは済ませてきた。

イリスも頭を下げる。

「お世話になりました。こちらでの手厚いもてなしの数々は、恩義にも感じますし、忘れ得ない思い出となりましょう」

姉たちの敵対心や戦闘なども含めた手厚さだった。

それを揶揄するまでもなく、たぶん彼は本心からそう思っているに違いない。端麗な姿と珍しいオッドアイを晒していても、下の姉たちが流した『末の王女が召喚した人型の魔獣』というのが定着しつつあるので、給仕たちがいてもそれを裏付ける印象しか持たなかったはずだ。

肝心なことは、誰も口にしない。

彼への呼びかけも〈黒のお方〉だ。それにも慣れつつある。

食事はとても美味(おい)しかったと思う。

イリスも明るく受け答えをしながら、美味いと言ってたくさん食べていた。

ここまでくれば、誰の顔にも悲壮感はない。

より良き明日が来るのを信じて歩みを進めるのみだ。

当日は雲ひとつない秋晴れだった。

空は青く高く澄んでいて、旅を始めるにはもってこいの好日といえる。

自分の部屋で身支度を終えた彼女を迎えに来たのは、近衛兵姿のイリスだった。

ただの近衛兵というには、せめて隊長格でなければとても変装にならない迫力に満ちていた。

――確か、中隊長で、常に私の傍にいる役目を大隊長が命じたはず。偽名も作ったのよね。ガティカ中隊長……だったわ。間違えないようにしないと。

やっとのことでマリーネは感想を口に載せる。

「剣を下げているのね」

意外だったのだ。魔法力のある者は、滅多に剣を持たない。

「近衛兵だからな。剣を下げるのは久しぶりな気がする。半身の状態では記憶に欠けている部分があるから、うまく剣技を思い出せるか心配だ」

「記憶が……そうですか。実は、私も剣を持っています」

スカートの襞(ひだ)の影にあるポケットからマリーネが取り出したのは細身の短剣だ。

イリスの驚いた顔を見てマリーネは笑う。

「ルミア姉さまとミルティ姉さまの餞別(せんべつ)なの。短剣の使い方も教えていただいたわ。いざというときにはこれを使いなさいって」

「いざというとき?」

「血筋を守るために使うということかしら。違うかもしれないけど、私はそう思ったのよ」

望まぬ結婚になるなら、婚儀はしないし出産もしない。王女のたしなみとして、無理やりなにかされそうになれば命を絶つ。

イリスの目つきが鋭くなったが、感想めいたことはなにも言わなかった。

彼も知っている通り、王家の者には、市井の者にはない責務がある。

マリーネがこの場でイリスの魔法力の縛りを解くと、イリスは、黒髪はそのままでも眼の色を両方とも藍色に替えた。

「どうだ?」

「……印象がまったく違ってくるのね。視力には関係しないの？」

「多少、見え難くなる。だから、エリックと対決するときは元に戻すつもりだ。それ以外なら、これで十分な変装になるだろうな」

十分だと言い切ったので奇妙に思った。

「なぜでしょう。黒髪は同じで長いままですし、顔の造りは変えていませんよね」

「それは……、いまの私はよく笑うし明るく話すだろう？　近衛兵に扮してもそうなるだろうから、皇子の変装だとは絶対にばれない」

そして止めのように断言する。

「皇子の私は笑わないんだ」

マリーネは虚を衝かれた顔で彼を見た。

視線を逸らしたイリスは、あからさまな話題の転換をしてきた。

「随行の兵士の数が普通では考えられないほど多いから、混ざってしまえば顔の造りなど、どうでもよくなる」

母親の用意した荷物は多く、荷馬車をかなりの台数連ねることになる。

それも守護しなくてはならないから、護衛兵も相当数の数が同行する予定だ。

皇帝城へ到着して荷物を引き渡したあとは、大部分の兵士がこちらへ戻ることになっている。

この先、高い確率で戦うかもしれない国同士なのを思えば、直前に相手側の兵士を多数領土内に入れるなどあり得ない。

それなのに、事前に数を知らせても了解の返事が来た。

これは、他とは頭一つ分以上に抜きん出ている強国だからなのか、それとも、もしかしたら帝国側で予期せぬ出来事が起きて進軍を停止させているのか、微妙なところだ。

実際こちらの探りによれば、帝国では進軍の準備が整って軍兵を進ませるところまできたのに、なぜか動きが止まっているらしい。

──何事かが起きたとするなら、主戦を担うはずの皇子殿下の不調……とか。

中核がこちらへ来ているなら、向こうの半身は魔法力も低下しただろうし、エリックにとってはまさに外見だけの動く人形でしかなくなっているかもしれない。

それでは戦えない。

半分はどこへ行ったのだと探している最中なのは間違いないだろう。

「皇帝城へ入って最初に通されるのは謁見の間ですよね。そこに、あなたの半身もいるのではないかしら」

皇帝と皇妃と宰相がいるなら、イリスの半身が皇子として並んで立っていても不思議はない。

近衛姿のイリスは、目を眇めた。

「たぶんな。だから、謁見の間で確認したらすぐに吸収するか、合体する。その後は、宰相と戦闘開始だ。マリーネは直ちに遠ざける。うしろも見ずに逃げるんだ」

「私はお邪魔にしかなりませんものね……」

わずかに俯く。

するとイリスは周囲に誰もいないのを確かめてから、彼女の顎に指を掛けて上向かせ、素早くキスをした。

彼が離れると、思わずマリーネは口元を押さえて周りに目線を走らせる。

ラナは気を利かせてイリスが入室した時点で衣装室へ行ったし、彼と同行した近衛兵は扉の外で彼女が出てくるのを待っている。

二人だけだったからほっとした。

「マリーネは、相変わらず可愛いな。そのドレス、よく似合う。髪も、結っているときより流した方が華やかでいいぞ」

出発のドレスを選んだのは母親だった。

仮縫いのときの会話が思い起こされる。

『少々派手ではないですか？　刺繍で入っている深紅の大倫のバラが、私を食べてしまいそうです。黄色もあるしピンクも。大きなバラの花ばかりで埋まっていますね』

『いいのよ。良く似合っているわ。髪は流していきましょうね。あなたのストロベリーブロンドに合わせたドレスなのよ。背中も大きく開けてあるから』

『髪は縺れてしまうと思います。お姉さまたちにまた鳥の巣だって笑われそうですね』

『縺れたら、その都度侍女に梳いてもらいなさい。最高級のブラシを何本も持たせました』

母親はすました感じで言い切り、マリーネの心配を叩き落とした。

昼間には似合わないほど背中が空いていても、広がりやすい髪で覆っている状態だ。

本当に似合っているのかどうか不安だったが、イリスが褒めてくれたので他の者がなにを感じようがどうでもよくなった。

彼さえいいと言ってくれるなら、それでマリーネの心は満たされる。

大扉がノックされた。出発の時間だ。

イリスと顔を見合わせ、もう一度、今度はしっかり口付けを交わしてから、マリーネは近衛兵姿の彼を従えて長く暮らした部屋を出た。

——イリスの望みが叶えられても、だめでも、おそらくもう戻れない。

振り返りたい気持ちを抑えて、廊下を歩いて行った。


王宮を出てからの道程はおおむね良好だ。

最初の七日間はクランベル王国内なので物見遊山に近い。

宿泊する貴族の屋敷では掛け値なしの歓待を受け、大所帯の移動にも関わらず問題はほとんど出なかった。

王の正式な使者となったマリーネには、国の存亡が掛かっている。

しかも彼女は召喚魔法で人型を呼んでいて、それが魔人かもしれないので、怒らせるとなにが起こるか分からないという思惑もあるのだ。

——噂をばら撒いたのが小姉さまたちだもの。どうしたって信じるでしょうね。

魔人についての言い伝えは多い。

数百年前にどれほどの災厄に見舞われたか、残された歴史書や市井の覚え書き、または物語にもなって詳細に書かれている。

魔法使いたちがいなければ、大陸は焦土と化したに違いない
当時は、召喚魔法を使える者はクランベル王家に繋がる者だけではなかったから、あちらこちらで魔獣が溢れた時代でもあったという。

魔人も数体が召喚されてやってきたらしい。

魔人たちは魔界から来たと言い、魔界は魔王が仕切っていると話した。

恐怖の記録だけはたくさん残されていたから、その魔人をマリーネが召喚したとなれば、人々は彼女を歓迎しながらも遠巻きになる。

仕方のないことだ。

——魔人ではないけど、フィッツ帝国の皇子殿下なら、同じくらい驚かれるわね。

考えているうちに、ふふ……っと笑ってしまった。

大国の皇子でありながら、イリスは直近の近衛兵ということでマリーネの傍から離れない。

夜は隣の待機部屋で休んでくれる。

マリーネは歓迎の舞踏会や夜会、晩餐会などに出席しているが、イリスは壁際に立って護衛任務をしていた。

「ごめんなさい、あなたばかりを立たせて」

「役目だ。それに視点が変わるのはいいな。いままで考えもしなかったことに気が付く」

それは大いに納得できた。

彼女自身も立ち位置を少し変えるだけで考え方も視点も変わったのだ。

五日目の夜はかなり大きな屋敷で泊まった。

マリーネの寝所には庭へ出られるベランダもあり、月が出ている夜中に、少し離れた東屋へ散歩に出た。

そろそろ、周囲に人がたくさんいるのに疲れたのかもしれない。

――わがままなことだわ。以前は私に注意を払う人がいないのが哀しくて、いまはなにをしても注目を浴びるのが窮屈だなんて。

おまけに興味津々のまなざしは痛いほどになって彼女に纏わりつく。

夜の散歩は、空気がひやりとしているせいもあって、夜会でお酒を飲んだ身には実に爽快だ。

当たり前だが、数歩後ろにガティカを名乗るイリスが近衛兵として付いてくる。

彼女は、屋敷の主人に教えてもらった温室のあるところまで来ると、迷わず中に入った。イリスも続いて入る。

温室の中を通っている小道を歩き、外から覗けないような位置で立ち止まると、イリスは笑いながらマリーネに近づいてきた。

「誰にも見られない場所を探さなくてもいいぞ。いまの私はお前が毎日魔法力の縛りを解いてくれるから、周囲の気配も細かく探れる」

「大丈夫なの？　エリックに分かってしまうのではない？」

「目の色と同じで、外へ魔法力を放つのではなくて、自分自身の身体能力や感知力を上げているだけだからな。感知しようもない」

クランベル王宮は、イリスに言わせると穴だらけでも、かろうじて魔法力に対して障壁があった。そこから出ると、外へ向かう力は、距離があってもエリックに気づかれるという。

イリスはそっと彼女の腰に腕を掛けてふわりと抱きしめた。

「マリーネの周囲に人が集まるのも、注目を浴びるのもたまらないな。お前が一向に靡かないから、かなりほっとするぞ」

どこに靡くのか疑問に思うマリーネは、イリスの言っていることが分からなかった。

ほっとしたのは何事もなく終了したからだろう。

「物珍しいから人が集まるのよ。これがあの〈あまりもの姫〉か……とかね。この先、国境近くへ行けば、貴族でも王宮へ来たことのない人も多いから、もっと視線を浴びそう」

彼女の噂は、人の興味を掻き立てるには十分なほど様々な形をしている。

ふむ……と複雑な顔をしたイリスだったが、不意に彼女の顔を覗き込んだ。

「旅に出て時間が取れたら、お前の魔法力を見ようと考えていた。姉たちの力量は確かめたのに、お前の魔法がどう曲がるのか知らないのでは、この先問題が出るかもしれないからな」

「そうですね。実は私も一度イリスに見てもらいたいと思っていました。あなたなら、なぜ曲がるのか分かるかもしれないもの。治せるならお願いしたいわ」

そこで話は決まったとばかりに、まずは小魔法をやって見せろと言われる。

マリーネは温室の花の一本を選んで、膝を曲げるとつぼみに手を翳した。

つぼみを花開かせるのも小魔法の一つだ。

土から生えている小さな花で、単独で立っているのを選んだのは、万が一のときに他の植物への影響を防ぐためだった。

《花よ、開け。命を謳歌せよ》

小魔法は自らの中に魔法陣を思い浮かべるだけで、決まった呪文はない。

ただ自分で決めた言葉を魔法言語で唱えて、己の気持ちをそこに集中させる。

薄い黄色のつぼみはみるみる開いてゆくが、そのうち花全体が大きくなっていく。

葉も茎も、その種の花にはあり得ない大きさになってゆくのを見たマリーネは、今度はその魔法の流れを止めようとして魔法言語を放つ。

《止まれ、止まれ》

イリスならすぐにも対処できるだろうが、いまの彼は外に向かう魔法を使ってはならない。

大問題になる前に止めたいので必死だ。

花は巨大な花びらを一気に散らせると、そのまま小さくなっていった。

マリーネは表情を崩して土に両膝を突き、その花にそっと手を添える。

「ごめんなさい。咲き切る前に散らせてしまったわ。ごめんなさい」

隣で片膝を突いたイリスが、彼女の手に自分の手を添える。

「確かにひどく曲がるな」

感心した声で言われても、彼女自身はあまり認めたくない事実だ。

「これがあるから〈あまりもの姫〉の名に磨きがかかるの。お姉さまたちと比べられて、いつも溜息を吐かれたわ。それで、お姉さまたちがしないことをやろうと思ってお菓子作りに手を出したというわけ。いつか修道院で配れるという利点もあって……」

「修道院？　配るのか？　奉仕で？」

「あ、そう、そうなのよっ、王女の活動の一環として、奉仕でっ」

勢いよく振り仰いで彼の顔を見る。あたふたとしてしまった。

いつものイリスなら追及の手を緩めなかったと思うが、今夜の彼は深く考え込んだ。

じっと考えていたイリスは、ふっと顔を上げるとマリーネに訊く。

「曲がるのはいつからだ。最初からなのか？」

「そうね。六……いえ、七歳かしら」

「私が十四のときか。エリックに捕縛されたころだな。十年前――」

自分の考えに深く捕らわれたイリスだったが、答えを得られなかったのか、溜息一つ付いて思考の流れを切った。

「どうやら私の記憶には、かなりの不足がある。お前の曲がってしまう魔法力に関して、なにかが私の中で引っ掛かったが分からない。早く半身を取り戻したいものだな。そうすれば、記憶も完全に戻せるし、お前の魔法力の曲がりも修正できるかもしれない」

「治せるなら、とても嬉しいです」

イリスはマリーネへ顔を向けて言う。

「いまの状態でも、曲がる方向を変えることは可能だろう」

「方向？　曲がっても大丈夫な方へ？」

「そうだ。さぁ、土から栄養分や水を引いて、この花にもう一度つぼみを付けさせよう。再生だ。小さなものならできるだろう？　曲がり始めたら私が力を加えて方向を変える」

マリーネが浮き上がった不安を言葉にする。

「あなたの力を借りるのは、問題がありませんか？」

「お前の魔法力に干渉するだけだ。しかも、触れているから外には出ない。大丈夫だ」

そういうことなら――と、マリーネは再び小魔法を実行する。

再生の魔法は、大きなものや生命の有無に直接関与しなければ彼女にも可能だった。ただし、曲がりさえしなければ。

片手を土に突き、イリスが包むようにしている片手を花の茎に当てたままで魔法を発動する。

《土よ。力を注いでおくれ。花が再びつぼみを付けられるように》

すると、しおれかかっていた花は茎の力を戻してしゃんと頭を起こすと、そこにつぼみを付ける。

いつもなら一気に枯れて元には戻せなかったのに、いまは彼女の願い通り、小さなつぼみが膨らみ始めた。

マリーネは、はらはらと涙を流す。

「大丈夫か。どうした」

「嬉しいのです」

小さく呟いて手の甲で涙を拭った。

イリスが手を貸してくれて立ち上がると、満面の笑みで彼を見上げる。

「ありがとう。イ……、あ、ガティカ。無駄に花を散らせてしまっただけで終わらなくて、本当に良かった」

最初に花を選んだのが間違いだった。

けれどそれを修正する手助けをイリスがしてくれて、しかも成功した。

掛け値なしの笑顔で彼に何度も礼を言う。

イリスはふいっと横を向いた。

「さっきも言った通り、周囲に人がいるかどうかは私が気を付けるから、曲がるのを少しでも修正できるよう、旅の間に練習をしよう。一緒に」

最後の一言を口にするときに、イリスはとても照れたような顔をしたので、マリーネは目を丸くした。

いつもの自信満々な様子はなく、困ったような彼の姿に視線が吸い寄せられる。

イリスはくるりと踵を返してマリーネに背中を向け、自分の顔を見えなくしてしまった。

「王女殿下、さぁ、もう戻りましょう。ラナが心配する」

「はい」

くすんと半泣きで笑ってしまった。

イリスは中身の核が召喚されたと言っていたが、これが本当の彼の姿なら迷いもなくすべてを預けられる。

彼女の中のどうしようもない自信のなさも不安も、きっと消えてなくなるだろうに。

マリーネは、首を横に振って、あらぬ希望を持たないようにと己に言い聞かせた。彼女は、自分の望みだけで物事は回らないことを、身に染みて知っている。

そうして、旅路の夜はイリスと魔法の訓練をすることになった。

はっきり口に出して言わないが、マリーネにとっては、永遠に旅をしていたいくらい楽しい時間だ。

旅路は着々と消化され、やがて、クランベル王国の国境線を超えて他国の領土内に入る。

国々を繋いで街道が敷かれているが、整備されているところとガタゴトと揺れるところが入り混じっていた。

都市国家にも寄ってゆく。帝国領までは七日の予定だ。

その間も訓練を重ね、小さな魔法なら、曲がる方向を認知して、それに合わせて使うという対処ができるようになった。

原因については、イリスが一つの仮定を立てた。

『深層心理に根ざしているかもしれないな。十年前、なにかどうしようもなく心に引っ掛かる出来事はなかったか？』

『なにもなかったと思います。でも、幼いころだから忘れているってこともあるかも』

七歳なら、魔法力が曲がるような出来事があれば覚えているだろう。

深層心理の中になにかあると言われると、そうかもしれないと思えてくる。

『私が自分をすべて取り戻せば、お前の深層心理の中に潜る魔法も使える』

『それは……。ご遠慮します』

『曲がるのが治るのにか？』

『うー……、でも、深層心理なんて、なにが出て来るか自分でも分からないし』

口を尖らせるようにして唸ってしまう。眉を思いっきり寄せていたようだ。

イリスは笑って彼女を抱き込むと、頭を撫でながら『可愛い』『可愛い』と何度も言った。

真っ赤になってしまったマリーネは、彼を押して『子供ではありませんからっ』と強く主張する。そうするとイリスはまた笑う。

永遠に忘れ得ない珠玉のひとときに身を浸す。

マリーネは、旅の間だけの二人きりの時間が大切過ぎて、胸が詰まって仕方がない。

そうした夜は、ベッドへ入ってから一人で泣いた。

終わりは来る。それももうすぐ。

帝国の領土を目の前にしたとき、彼ら一行は友好国の離宮を借り受けてそこで宿泊した。

近くに湖のある広くて美しい建物だ。

夜の散歩が日課となっていたマリーネは、離宮の持ち主が不在だからという理由で歓迎会などの催しがないのを幸い、陽が傾くと近くの湖へ行った。

当然イリスもついてくる。

夜とはいえ貴族には早い時間だ。すぐ近くに建つ離宮には明かりが灯(とも)っているし、東から昇っていた月の明かりまであって、湖畔は幻想世界のようだった。

足元は暗いので、湖の近くに寄ると足を滑らせて落ちてしまうかもしれないが。

——イリスがいるから、大丈夫ね。

信頼しきっている自分が可笑しくて、マリーネは彼に気づかれないよう微笑む。

ある程度離宮から離れたところでマリーネは振り返った。

「周囲に誰もいないなら今日の訓練をしたいのだけど。どうかしら」

「そうだな……。明日は帝国の領土に入る。前もって知らせが行っているし、歓迎するという返事をもらっているから入国に際しては問題ないだろう。しかし、さすがに近くなってきたからな。用心して今夜はやめておこう」

「帝国領内に入っても皇帝城までは七日掛かると聞いています。まだずいぶん遠いと思うのですけど、それでもエリックは感知するのでしょうか」

「私を捜しているいまは特にそうだな。召喚魔法を持つお前を見に来ることもあるかもしれない。いまの段階でエリックに気づかれては困る。謁見の間に入るまでは」

その通りだと理解が追い付いた。

「考えの浅いことでした。ごめんなさい」

「エリックを知っているから、その行動予測も立てやすいというだけだ。お前はちゃんとやっている。訓練もするし、知識を取り入れることにも積極的だ。もっと自分に自信を持っていい。いきなりうしろ向きになるのはやめろ」

マリーネはそっと笑って面を伏せた。

うしろ向きになり易(やす)いのはその通りなので反論できない。

「お前は私を守るために魔獣の前へ飛び出した。それがお前なんだ。自信を持て」

少しくらいなら、自分に自信を持ってもいいだろうか。

なにもかも微笑で流すのをやめたら、見向きもされなくなると思うのは間違いなのか？

イリスは彼女の手を取る。

「ダンスをしてみないか？　皇帝城で舞踏会があれば必ず一度は踊るダンスだ。一緒に踊って練習するという案もあったが、時間が足りなくてできなかったからな」

「音楽もないのに……？」

「リズムは私が取る」

「……お願いします」

そして月下の元、静けさに包まれた湖畔で彼と踊った。

イリスは軽々と彼女を振り回し、あろうことかダンス曲を小さく口ずさみ始める。

彼も楽しんでいると感じられて、マリーネは心が浮き立つ思いがした。

嬉しくて身体も軽いし、誰もいないから、身長差で振り回されていると嗤われることもない。

「慣れていないダンスだろうに、勘がいいな。踊りやすい」

「リードがいいのでしょう?」

「……それもあるかな」

自信満々に言いのけたイリスは、夜空に向かって高らかに笑う。見惚れる笑顔だ。

笑ってくるり。歌いながらくるり。

――涙が出そう……。

忘れられないひとときになった。

翌日、帝国の領土に入った。

街道に設置されていた砦は、彼らを容易く通らせた。これほどの大人数でも、帝国にとっては微々たる勢力でしかないのだ。

ここから皇帝城に到着するまでは七日要する。

北上してきたマリーネたちは、帝国内に入って周囲の様相が秋から冬へと一気に変わるのを眺めた。風が冷たく、落葉樹は葉を落としている。

最初の宿は大貴族の屋敷で、歓迎の夜会が催され、帝国の威信をかけたもてなしを受けた。

大切に扱われながらも物珍しさで眺められる珍獣に近い視線を浴びる。

夜中になってようやく与えられた豪勢な部屋に戻り、眠るだけになったとき、隣の部屋に通じるドアが静かにノックされた。

ノックのやり方にも個人的な違いがあるので、誰なのかすぐに分かってドキリとした。

夜の番のために護衛の待機部屋へ入ったイリスだ。

——ばかね。打ち合わせよ。帝国の領土に入ったんだもの。

旅の間は誰も見ていない陰でキスはしてもそれだけだったのに、不意に抱きしめられたくなった。精神状態がどこか不安定になっている。

入室してきたイリスは、ソファ前のローテーブルに皇帝城の見取り図を広げた。

クランベル王宮で、出発前に彼が描いたものだ。

「簡単な見取り図だが、役に立つこともある。頭の中に叩きこんでくれ」

彼の緊張が伝わってきて、マリーネは声を出せずにこくんっと頷く。

見取り図には、謁見の間からの脱出経路が赤い線で書いてある。

彼は、エリックとの戦闘にならなかった場合は、滞在になると言う。

「宿泊するなら貴賓室だな。ここだ。南寄りの三階になる」

「謁見の間にあなたの半身が同席していなかった場合ね。たった一人の皇子で後継ぎなのに、他国の正式な使者に会わないなんてこと、あるのかしら」

しかも彼女は、皇子の求婚の親書を携えた者だ。

真意を問いたいと事前に伝えてあるのに、本人がいなくては話にならない。

イリスは、周囲を見回していつもより注意深く探ったのち、おもむろに話し始めた。

「帝国に近づくに従って奇妙な波動を感じるようになった。帝国領内に入ったら、それがもう一方の自分から流れてきた魔法エネルギーだと分かった」

「……皇帝城のあなたの半身は、自分の力をあなたに渡しているのね」

「たぶんな。渡せるものは渡しておいて、最終的に、いまの私に吸収させることで一つになるつもりだ。そうすれば、エリックの捕縛から完全に抜け出られる。逆の場合は、捕縛の中に戻るのと同じだ」

半身との意思の疎通は、できるとしても、しないのだろう。

意識が通じた途端、エリックにこちらの存在が分かってしまうに違いない。

では、魔法力のやり取りはどうなのだ。

「イリスのいる場所がエリックに分かってしまうのではありませんか？」

「風が吹いたときや地中に手を突いた瞬間、または川の水に触れたときなどに流れ込んでくる。自然エネルギーに混ぜてあるんだ。わずかだからさすがのエリックも察知できないのだろうな。皇帝城に入った後は、私の方で受け取らなければ分からないだろう」

「もう一つの身体から力が抜けていることになりますね。大丈夫でしょうか」

「それだ。このままだと、起き上がる力もなくなるかもしれない。謁見の間に現れない可能性がこれでより高くなったな」

可能性を考えるなら、半身から力が流れるのに任せていると、あちらの彼は万が一ということもあるかもしれない。

　マリーネは、慌てた口調で訊く。

「半身が失われるようなことがあったら、あなたはどうなるの？」

「……分からない」

　顔を見合わせる。結局、急がねばならないということだ。

「もしも謁見の間にいなくても、皇帝城のどこかだとは思う。動けないといっても木石ではないし、ましてや、逃げる可能性があるから閉じ込めなくてはならない」

　イリスは眉を寄せて考え深げに呟いた。先行きは、ますます不透明になった。

　そして彼は一人で黙考する。

　――なにを考えているのか、話してくれないのね……。

　帝国領内に入ってまだ一日目だというのに、イリスはどこかいままでとは違う。

　――イリス……笑わない。だけど、当たり前だわ。笑ってなどいられない状況だもの。緊張しているのも当然で、様子が前と違ってきても不思議はない……はず。

　まるで自分に言い聞かせているかのようだ。どうしようもなく不安が込み上がる。

「力を受け取ることで、記憶も揺り動かされている。前は記憶になかったことが、少しずつ思い出されてくるな」

　穴が空いていた記憶が埋められるのなら、悪いことではないと思えるが、逆に、つらい記憶ばかりでは落ち込んでしまいそうだ。

彼の目線が泳いで宙をみつめた。表情は曇っている。

「……」

イリスの名を呼びたい。しかし、すでに帝国領内だ。呼ぶなら『ガティカ』と言わねばならなかった。

イリスは、ソファに腰を掛けるマリーネの隣へ移動してきた。

彼女に腕を回して強く抱きしめる。先行きに不安を覚えるのは彼も同じなのだ。

「私の精神も不安定になっているな。お前がいてくれて助かる。いつも私を守るのはお前だ。私の守護神だな。うしろ向きでも、自分にまったく自信がなくても、ひ弱そうでも、ひたすら可愛くて軽々と運べるのが、またいい」

顔が見えないから、まるで冗談のように聞こえてしまう。

――でも、きっとイリスは笑っていない。エリックと対峙する時が近づいているものね。

マリーネは、自分から彼の背に腕を回して強くしがみつく。

思わず胸の中で呟いた。

「すべてがうまくいきますように」

魔法の呪文なら叶えられるかもしれないが、これは祈りだ。

聞こえたのかどうか分からないが、イリスはもう一度彼女を強く抱きしめた。

明日は皇帝城に入城するという、長い旅路の最後の晩になった。

いつも通りに、挨拶の口上や、質問によってどう答えるかの打ち合わせをイリスとしているとき、マリーネは何気なく帝国に入って以来疑問に思っていたことを話す。

「帝国の人たちは、魔人は恐ろしい存在だと理解していても、資料はなにもないと言われるの。一つもないって不思議議ね。数百年前の災厄とはいえ、フィッツ帝国にも被害が出ていたのに」

マリーネは、数百年の間一度もなかった魔人の召喚者ということになっているから、そういった話題が出ることも多い。

向かい側のソファに座ってクランベル王の親書の確認をしていたイリスは、奇妙な顔をしてマリーネの言葉に答える。

「そうなんだ。なにもない。私はクランベル王宮の図書室で、魔界と魔獣、それに魔人のことが書いてある書物が多いのに驚いた。夜を徹して読み耽ってしまったぞ」

「なにもないの？　皇帝城の図書室には？　歴史書の中なら、書いてあると思うけど」

「いや、ない。本当にないんだ。いまの皇帝一族には召喚魔法の因子がないから、誰も興味を持たなかったのかもしれない。今回、ばら撒いた噂によって初めて魔人の存在を思い出したんじゃないか。その脅威を」

クランベル王国では、いまでも数多の学者が魔人の研究をしているというのに。

「帝国の人は誰もかれもが、私の感情を逆なでることを恐れているみたい。魔人を呼び出されたら困るからでしょうけど、どう困るのかは誰も知らないのよね。以前イリスが、私の安全性が高まるって話していたのを実感したわ。エリックも同じなのでしょう？」

「そうだと思うが、魔人の資料がないから検討中かもしれない。改めて考えると、なぜ帝国には魔人の資料が一切ないのだろうな……」

すでに書かれていた書物なら残るだろうに。奇妙なことだ。

イリスが考え込んでいたので、邪魔をしないつもりでマリーネも黙っていた。

旅路の目的地が近くなるにつれどんどん緊張を増した彼は、帝国領内に入ってからは、ピンと張りつめた糸のようでもあり、触れただけで切れる鋭い切っ先のようでもある。

顔を上げたイリスは、マリーネにまったく別なことを訊いてきた。

「国を出るとき、姉たちからもらった物があるだろう？　見せてくれないか」

なぜ突然そういうことを言いだしたのか分からなくても、明日は皇帝城だから、疑問に思ったことは解決しておきたいに違いない。

彼が話すところによれば、皇帝城はエリックの意識障壁で囲まれていて、どんな音も筒抜けらしい。

特に話し声はエリックの意識を引き付けるから、細心の注意が必要だと言われた。

『皇帝城の中で、聞かれたくないが話さねばならないことができたら、筆談をする。それも、手紙を書くなどと口にして、行動に不自然さを出さないようにするんだ』

イリスからそれを聞いたときよりも、いまは皇帝城が近い。

こうして重要事項を話しているのが怖いくらいだ。

あのとき彼が言っていたのは。

『さすがに、帝国内のすべての声を聞いているわけにはいかないし、城の周囲にいる人間だけでも雑多に多すぎる。私の名前に絞るなら、聞き耳も立てられるだろう』

だからこその偽名だ。

エリックとはどういう人物なのだろう。それだけの魔法力を持つ者など会ったことも聞いたこともなかった。

——そこまでできる者って、……イリスくらいかしら。

イリスも相当な力の持ち主だから、少年のときに捕まえるしかなかったのだ。

マリーネは、国を出るとき下の姉たちから細身の短剣を、上の姉たちから指輪をもらった。

ナイトドレスとガウン姿の彼女は、枕の下に隠していた短剣を取り出し、どんなときにも指に嵌めている金の指輪を外して、ローテーブルの上に置く。

イリスはそれら手に取って眺めた。

「普通の短剣とただの指輪に見えるな。なにも感じないが、お前の姉たちが別れに際して渡したなら、なにかある」

「この二つは、国の宝物庫にあったものです。見た目も、触れても、なにも感じませんが、大昔に倒された魔人が持っていた〈魔具〉だそうです。短剣はどんなものでも切れるし突ける。研ぐ必要のない剣で、指輪は空間と空間を繋ぐものだそうです」

「いざというときは金の指輪でお前を返せ、とイメルバに言われたぞ。空間を繋ぐのか」

微笑したマリーネは、より詳しく聞いた指輪の説明を彼に話す。

「繋いだ空間で移動できても、一定の時間が過ぎれば元の場所に戻るそうです。ですから、逃走には向かないとか。それに、私の曲がる魔法力では、この指輪は使用できません」

「私が使えということだな。いまの私では、まだ力不足で使えない。自分を取り戻して元に戻らない限り、使用は難しい」

マリーネが使えないのは姉たちも分かっているから、イリスに指輪を使えと言った。

それだけ信用していることになる。その信頼は彼が自分で勝ち取ったものだ。

イリスはふっと息を吐くと、囁くようにしてマリーネの伝えたことを繰り返す。

「魔具……か。魔人が身に着けていた物なんだな」

「はい。魔法使いたちが魔人を倒すと砂塵と化して消滅した、と記録には残っていますが、身に着けていた魔具は残りました。王宮の宝物庫には誰も使用できない奇妙な物品がたくさんあります。短剣は、野菜や果物を切るのにとても役に立ちそうですね」

「野菜か」

彼は背を引いて驚いた声をあげる。

けれど笑ってくれないので、冗談めかして言った。何とも不発だった。

そこでイリスはまた深く考える状態になる。何に思い至ったのだろうか。

――大姉さまたちは指輪を渡してくださったとき、空間が開いたら『助けて――と声を出しなさい』と言われたわ。

たとえ数時間で元の場所に戻される魔法でも、一旦クランベル王宮に移動できれば、そこに留められる方法があるのかもしれない。

簡素な金の指輪を見つめる。それほどの魔法が使えるものにはとても見えない。

イリスがエリックと対峙したとき、マリーネの存在は邪魔になるだろうから、この指輪はそのとき役に立つのだ。

ただ、彼女は結果を見届けずに去るつもりはない。

――助けて、と言えるかしら。言えなかったら、どうなるの？

ふっと頭の中になにかが閃(ひらめ)こうとして、掴み切れないもどかしさに包まれてしまった。

考え込んでいるイリスもそうなのだろうか。

彼は頭を振ってそれ以上時間を費やすのをやめる。そして彼女に視線を向けた。

――笑みはないのね。帝国内に入ってから笑い方を忘れてしまったみたい。

彼女の脳裏に、かつて聞いたイリスの言葉が蘇(よみがえ)った。

『皇子の私は笑わないんだ』

マリーネの目が、ぱちぱちと何度も瞬く。心臓がどきりと大きく鼓動を打った。

ときめいたわけではなく、どちらかといえば、ギクリと身が竦(すく)んでしまっている。

「どうした、マリーネ？」

「どうもしません。明日は皇帝城かと思うと、やはり緊張しますね。皇帝陛下への口上を間違えるかも」

そこで彼女は前のソファに座るイリスへ視線を当てて冗談めかして言う。

にこりと笑えば、イリスは眉を顰めた。

「無理をして笑わなくてもいい。もう寝よう。おやすみ」

――あぁ、イリスではないみたい。

顔が青褪めそうなのを何とか抑えて、マリーネは小さな声で応える。

「……おやすみなさい」

彼はソファから立ち上がり、速い歩調で彼女に与えられている部屋を出て行く。

笑わなくてもいいと言われたマリーネは、どういう表情をすればいいのか分からなくて動けなくなった。

ソファから立って彼を見送ることもできずに、広い背中を見つめるばかりだ。

強張(こわば)ってしまった顔と身体をどうしようもなくて放置していると、イリスは最後に振り返り、ゆっくり口元に笑みを浮かべる。マリーネが好きな綺麗な笑顔だ。

「やはりこういうときは笑うべきだな」

と言ってドアの向こうへ歩き去った。

自然な笑みを置いていってくれたので、マリーネはかなりほっとした。

――彼の本質は私が知っているイリスなのよ。『核たる本質が来た』と言っていたじゃない。

明日はついに主戦場だ。気落ちしている暇などはない。

翌日は、まだ秋のうちのはずが、かなり寒い日となった。

マリーネは、国を出るときに着たバラの刺繍を施したドレスと対になるような、白を基調とした生地に銀色の糸で大きな白薔薇が幾つも刺繍された清楚な装いを身につける。

これは入城のときに纏うドレスとして、母親が決めた。

『花嫁のドレスみたいですね』

『そうね。花嫁姿を私が見たいから、こうしてこちらで作って試着しているのよ』

その言葉はこのときになって生きてくる。

家族に見守られているかのようだ。

イリスは相変わらずの近衛兵姿だったが、彼女の耳に『まるで花嫁だな。すごく清楚で、美しい』と囁いてくれた。

彼は、謁見のときにも後ろで控えている予定だ。

クランベル王国を出て二十二日目の午後。

マリーネとイリスを始めとしたクランベル王の使者一行は、皇帝城の正門を通って入城した。

第四章　召喚者として高らかに私を呼べ

平面に建てられている皇帝城は、見た目に横幅と奥行きがあり、入城すれば内部の広さや荘厳さに目が回りそうになる。

攻め込まれても征服するのに時間が掛かるよう設計されているそうだ。

入り組んだ廊下と、どうやって使うのかと頭を悩ませてしまう大量の部屋があるらしい。

事前に説明してくれたイリスによれば、建て増しでどんどん広くしていったのだとか。

そこかしこに置かれた調度類や絵画、彫刻と、どれをとっても長い歴史を感じさせる。

――クランベル王国よりも、百年は古い国だもの。

最初は小国家の連合体だったものが帝国を名乗って統一された以降は、大陸でもっとも強大な国としてひた走ってきた。

仕上げとして大陸制覇に乗り出したとしても少しも不思議はない――のだが。

クランベル王の主張は『周辺国も力を付けてきているから帝国も無傷ではすまない。これより先は協調性を重んじた方がどの国にとっても栄えある未来を描ける』というものだ。

マリーネは、それを書き連ねた親書を携えて来た。

皇帝城の侍従長に案内されて、長い廊下を歩くマリーネは腹に力を込める。

――イリスのために来たといっても、お父様の親書を届けるのは私の重要な役目だわ。クランベル王の正式な使者なのだから、皇帝城に気圧（けお）される様子なんて見せてはならない。

ともすれば侍従長を追い越しかねない早足になってしまいそうなのを、落ち着けと自分に言い聞かせながら歩いた。

ここで〈あわてんぼう〉の本領を発揮しては拙い。

最初に案内されたのは謁見の間、の前室だ。

そこのソファに座って待っていると、皇子から届けられた求婚の親書を確かめたいという言伝（ことづて）を持って、案内してきた者とは別の侍従がやってきた。

かなり年配に見えるその侍従は、深く腰を折ってマリーネに丁寧な挨拶をしてから、宰相エリックから遣わされた者だと名乗る。

「父王からの親書は、皇帝陛下の御前でお渡しするつもりですが、求婚の親書だけは先に渡せということですか？」

親書のやり取りは、大舞台で証人が多数いる場が相応しい。

マリーネが持ってきたクランベル王の親書は、後ろにつくイリスが持って歩き、たぶん台座が用意してあるだろうからそこに置く予定でいる。

求婚の親書だけは先に確かめたいということだ。

エリックにとって、他国の王の親書よりも、イリスの半身に通じる手掛かりの方が重要ということだった。

年嵩の侍従は余分なことは言わずに、マリーネの問いに簡単な返事をする。

「はい。そうでございます」

イリスをちらりと見れば微かに頷いて合図をしてきたから、マリーネは、膝の上のそれを何の注文も付けずに渡した。

どこをどう調べようと、本人が造った本物なので迷いもない。

侍従は、壁際に立つ近衛兵姿のイリスには興味を示さず、無表情で彼の前を通り過ぎた。

それが自分たちの皇子だとは微塵も疑っていない様子だ。

ほどなくして、最初の侍従が『どうぞ、お出でください』と呼びに来た。

声高に名を告げられて謁見の間へ入る。

マリーネは後ろにイリスを従え、奥へと続く緋毛氈の上を歩きながら、練習した挨拶の口上を頭の中で復唱していた。

――とにかく間違えないように。早口にならないように。あぁ、緋毛氈がふかふかしていて躓きそう……。

まずは、慌てない。

護衛兵であるイリスの剣は、なにも言われなかったのでそのまま腰に下げている。

後ろから歩いて来る彼の銀の鎧と長剣がカチャカチャと密かな音を立てていた。

紫紺のマントを優雅に靡かせ、威風堂々と歩く姿は到底ただの兵には見えないのに、先入観というのは恐ろしいもので、周囲に連なる貴族や騎士、それに高官たちにとって近衛兵は添え物でしかない。

彼らはひたすらマリーネを凝視している。

マリーネが歩いて行く間、『〈あまりもの姫〉だそうですよ』といった声も聞こえたから、噂を口にする者はどこにでもいると妙に感心した。

奥の二段ほど高くなった台座の上の玉座に皇帝が座り、隣の椅子に皇妃が腰を掛けている。

イリスの両親だ。どちらも黒髪だった。

彼は、髭（ひげ）を生やした皇帝陛下よりも美女と名高い皇妃に似ていると思う。

皇帝は灰色で皇妃は青い瞳だった。オッドアイは見当たらない。

台座の前に凝った造りの机のような台が置かれている。それは彼女が持って来た親書を置く場所だろう。

台の横の方に立っているのが、宰相のエリック・ストレインだと予想する。

裾の方に青い染め柄の入った薄鼠（うすねずみ）色の長衣を纏っていた。

肩まである白髪を、広い額で二つに分けて両側へ垂らしている。

彫が深く、横髪が掛かっているからどういう眼をしているのかよく分からない。

もっとも、緊張の極みにあるマリーネには、周囲はどこか絵画のように見えていて詳細は意識できない。

なにより玉座に近くなった彼女の頭の中は嵐のただ中にあった。

――イリスの半身がいない……！

この場合、皇帝と皇妃が座る台座の上にいるはずなのに、それらしい人物は影も形もない。

彼女は後ろにいるイリスを強く意識した。

イリスの考えでは、謁見の間ですぐさま半身を取り戻してエリックと戦闘に入るか、または、自分の半身は時間を掛けてエネルギーを放出した結果、立ち上がれなくなってその場にいないかもしれないという二択だった。

これは後者の場合になり、どこかにいる半身を捜す必要があるということだ。

――皇子殿下はどこに、と訊きたい。だけど、物事には順序がある。逸るな、私！

マリーネは緋毛氈の端、台座の前になったところで歩みを止め、貴婦人の最上礼をする。

そして、後ろへ視線を流すと、打ち合わせ通りイリスが前に出て用意されていた台の上に持参した父王の親書を置いた。

そしてまた彼女の後ろへ下がる。

――誰も気が付かない。エリックでさえも。

魔法力のある者には揺らめいて見えるとイリスは言っていた。本当にその通りなのだ。

マリーネは、用意してきた挨拶を口に載せる。

「クランベル王国の五番目の王女になりますマリーネ・クランベルでございます。皇帝陛下には、謁見をお許しくださり、まことにありがとうございました。ご健勝のほど、お慶び申し上げます。このたび、父クランベル王からの親書を……」

詰まったり、間違えて訂正したりすることもなく、最後まで言い終えたマリーネは、ほっと息を吐く。

皇帝は片手をあげて歓迎の意を示した。

「よく来た。親書は受け取って中身を精査させてもらう」

そこで皇帝がエリックへ視線を流すと、宰相は深々と頭を下げてから、台の上の親書を持ってゆく。奥で控えていた年嵩の宰相の侍従が受け取った。

皇帝が、敵でも味方でもない相手に対する通常の言い回しで告げる。

「詳しい打ち合わせは後日行う。まずは休まれよ」

マリーネはドレスの裾を摘まんで頭を下げた。

これで顔合わせは終わりのつもりが、玉座の隣に座っていた皇妃がマリーネに向かって言葉を発する。

「イリスがあなたに求婚の親書を送ったそうね。親書については宰相のエリックが本物だと確認しました。驚いたわ。あの子が選んだ結婚相手が、こんなこぢんまりとした王女だなんて」

興味津々でマリーネを眺めていた貴族たちの中から、くすくすとした嗤いが生まれる。

マリーネの顔が青ざめた。

皇妃はさらに言う。

「クランベル王家の王女といえば美女ぞろいだと聞いていたのに、よりにもよって〈あまりもの〉を選んだのは、召喚した魔獣が強力だったということなのかしら」

ドキドキと鼓動が速まった。

何度となく耳にしていた〈あまりもの〉の単語を他の王宮で、しかも正式な公の場で聞くことになるとは思ってもみなかった。膝が震える。

怒りを表明してしかるべきとは思うが、王の使者として来たのを考えれば、気の利いた返しをしなくてはならない。

それが分っていても、気持ちは挫(くじ)ける寸前で蹲(うずくま)ってしまいたくなる。

ここには姉たちも両親も、彼女を守る者は誰もいない。

——誰もいない？　本当に？

すぐ後ろから、とてつもなく強い気の流れが漂ってきて彼女を包んだ。

これだけ近いから感じるというよりは、彼女との召喚契約の縛りを破ろうとする力の発動が、イリスの内側から膨らみ始めた気配だ。

——イリス。正体を晒すつもりじゃないでしょう？　自分のことを私に思い出させるためだわ。そうよね。

召喚契約の縛りを破るつもりなら、瞬間的にそうしているはず。

自分がここにいるとマリーネに知らせるために、エリックに気づかれる危険を冒している。

この段階でいまのイリスの存在が分かってしまうと、エリックに取り込まれる。

イリスは、マリーネさえこの場から逃がしてしまえばいいと考えているかもしれないが、彼女にそういうつもりはなかった。

マリーネは急速に落ち着いてゆく。

——笑い顔の練習をしたわ。ここでその成果が出せなかったら、いままでの私はただ守られていただけの王女になる。

イリスの前でなら自然と笑うこともできた。

そういう時間を持ちえたからこそ、微笑みを技として使える。技術としての仮面を被るのだ。

マリーネは息を大きく吸い込むと、皇妃に向かって目を伏せがちにして微笑する。

余裕の演出だ。

周囲がざわりと揺らめいて、空気が嘲りから見守る方向へ変わった。

「皇子殿下ご自身の強力なお力を思えば、召喚獣の存在で結婚相手を選ばれるとは思えません。そのような軟弱な方ではないと心得ます」

軽く頭を下げた。

そして頭を起こすと、ますますにこやかになり大きな声で主張する。

「皇子殿下はどちらにいらっしゃるのでしょうか。私がこちらに参りましたのは、父王の使者として役目を果たすためと、もう一つ。私宛に届けられた殿下からの親書に書かれてありました〈求婚〉が、本気のものであるかどうかを、殿下に直接会って確かめるためです」

しんと静まった中で、宰相エリックが彼女の質問に答える。

「皇子殿下は現在、北方の視察に出られていて、あと十日は戻られません」

低い声音は落ち着いていた。エリックが顔を上げたから目元が窺(うかが)える。

見掛けは細くたおやかでも、銀色の眼の奥になにを秘めているのか分からない空洞が過ったのが見えて、マリーナは背筋が寒くなった。

皇帝がそこで声を上げる。

「そういうわけで、クランベル王の使者……、あー……マリーネ姫、少なくとも十日は滞在されよ。歓迎する」

謁見は終了した。


マリーネが案内された宿泊のための部屋は、イリスの予想通り貴賓室だった。

続き部屋が幾つもあり、湯殿も着替え室も書斎も、もちろんリビング仕様の豪勢な寝室もその一角のうちだ。

主寝室は彼女が使い、ガティカと名乗るイリスは続き部屋にある従者部屋を使うことになっていた。

侍女室もあり、マリーネについてきたラナと数人の侍女たちの部屋になる。

国から運んできた多くの荷物は、ラナの指揮ですでに片付けられていた。

貴賓室に入ってそれらを確かめたマリーネは、ソファに落ち着くと、お茶を運んできたラナに笑顔で訊く。

「私に付いてきてくれてありがとう、ラナ。護衛の兵士たちは、半数以上が明日帰ることになっているわ。彼らと一緒に、クランベルへ戻ってもいいのよ」

「ご配慮ありがとうございます。ですが、私は戻らないつもりで、マリーネ様に付いてまいりました。正直に申し上げますなら、お休みには帝都見物へも行きたいと存じます」

ラナは、明るく前向きに生きることを信条にしている。

「そう。お休みは、できるだけ早く取れるように考えるわ」

「ありがとうございます！」

明るい顔で元気よく頭を下げられる。

常に傍にいるラナの明るさにどれほど救われてきたかを思うと、改めてありがたく思った。

その会話を近くで聞いていたイリスはなにも言わない。

いつもの彼なら、『帝都見物』のあたりで笑っていたと思うのだが、やはり謁見の間に自分の半身がいなかったことに気を取られているのだろう。

マリーネはラナを一旦下がらせた。

これでイリスと二人きりだから、いつもなら打ち合わせに入る。

しかし、皇帝城内では滅多な会話はできないと先に言われているから、どうすればいいのか考えてしまう。

黙って彼を見つめていると、イリスは書斎机の上に置いてある紙を手に取る。

「謁見のご報告はいかがされますか？　明日帰る兵にお手紙を渡して運ばせますが」

彼はペンを走らせた。

すっと見せられると、皇帝城の透かしの入った紙に彼の言いたいことが書かれている。

『疲れるのは当然だな。皇妃の言い分は許してほしい。母は、最初に手ひどい言葉を投げつけて、どういう反応を返すかで相手を量る癖がある』

マリーネはリビングのソファに座って背もたれに身を預け、天井を見上げて、ふぅ……と長い息を吐いた。確かにぐったりしてしまうほど疲れた。

今度は彼女が、思ってもいないことを声に出す。

「そうね。皇帝陛下に謁見したことを、お父様にお知らせしなくては」

紙には別のことを書いてゆく。

『皇妃殿下には初めて逢ったから、まだこれからという感じだわ。それより、視察というのは、きっと嘘ね。起き上がれない状態になっているとして、皇帝城内のどこかに捕らわれていると考えてもいいかしら。そうでなければ、エリックの目が届かないもの』

紙を見たイリスは、頷いて彼女の考えを肯定した。

室内ドアがノックされる。返事をすればドアが開いてラナが頭を下げた。

「宰相様の侍従が来ました。どうされますか？」

「会うわ。来客用のリビングもあったわね。そちらへ通して」

イリスは、護衛兵としてぴたりと後ろにつく。彼女は謁見の間の前室に来た老齢の侍従と再び顔を合わせた。

侍従は深くお辞儀をして要件を話し始める。

「明日からのご予定について宰相様からのご伝言です」

「そう。話してちょうだい」

「今夜はこちらの〈食事の間〉に王女殿下お一人の晩餐をご用意いたします。あとは、ゆっくりお過ごしください。明日の午餐もその部屋でお取りいただきます。午後は宰相様の執務室へご足労願いたいとのことです」

「分かりました。行きますとお返事して」

「はい。そのあとは二日目の夜ということで、皇帝陛下ご主催による王女殿下歓迎の大舞踏会を予定しております。三日目の昼は皇妃殿下主催の午餐の会が……」

今夜から明日の昼までは休憩としても、その後はしっかり予定が組まれていた。

ただ、ひと時の休みさえないとは言えず、ところどころに休憩時間が挟まれている。

——その時間を利用して皇帝城内の散策をしたいと申し出たらどうかしら。明日は宰相と面談なのだから、そのときに尋ねよう。

彼女が歩くだけでは、もう一人のイリスの場所など分かりそうもないが、後ろに付く彼ならきっと感じ取れるに違いない。

要件は終わり、侍従は頭を深く下げて退室して行った。

マリーネは一人で晩餐を取り、眠るための用意をする。

イリスには別に食事が配給されると聞いていた。

その夜はイリスとベッドの中……どころか、キスもないからマリーネとしては少々寂しい。

皇帝城に入って以来、さすがのイリスも緊張を隠せずにいた。

どこか焦っているようにも見えるし、落ち着かない様子を感じるが、紙には書ききれないから話し合うことはできない。

顔を見ながらも言葉を交わせない状態は、想像していたよりもつらいことだった。

翌日、エリックと面談する。

執務室内にあるソファへ誘導されて落ち着くと、エリックはすぐに本題に入った。

「王女殿下。すべての親書が本物だと確定されました。皇帝陛下からの返事は、お帰りいただくときに出されるでしょう」

使者だから帰るのが前提になっていても不思議はない。

「皇子殿下は昨日お話し申し上げた通り、十日後に、いいえ、もう九日後ですか。お帰りを待って、皇帝陛下がご真意を確かめられる手筈になっております」

「私宛の親書は、本当に皇子殿下お一人の判断で出されたものなのですね。驚きました」

マリーネは、イリスの親書がどうやって出されたのか、知らないふりをする。

すると案の定、エリックは穏やかに尋ねてくる。

「皇帝陛下も皇妃殿下も、そして宰相の私も、イリス殿下の求婚を知りません。ご本人から聞いたこともないのです。第一、クランベル王国へ行かれたことのない殿下が、どうやってマリーネ様のことをお知りになられたのか、私としては不思議でならないのです」

「そうですね。私も不思議です。ですからこうやって、末の王女でありながら使者となって真意を確かめに参っております」

エリックは向かい合って座る彼女をじっと眺め、その後ろで微動だにせず立つ近衛兵姿のイリスを見上げる。

イリスは鎧を脱いで、クランベル王宮の正式な中隊長の衣服を纏っている。剣を下げているものの、上着とズボンと短いブーツという姿だった。

短い肩マントは近衛兵であり中隊長を示す色、紫紺だ。

エリックには彼がイリスだと本当に分からないのだろうか。

――揺らいで見えるとしても、イリスだとは思わないのね。

国を出る前の家族会議で、イリスが面白そうに話した内容が脳裏を走る。

『魔法力が強い者ほど、マリーネと契約状態の私の姿は揺らめいて見えるだろう。もしかしたらエリックは、私をマリーネが召喚した人型魔獣、あるいは魔人だと考えるかもしれないな』

エリックが自分の魔法力に自信があればあるほど、見間違えてしまうという。

『まさか自分の魔法力の隙を突いて半身を奪われたとは思いもしない。私が自力で抜け出したと考える方がまだ納得できるだろう。自信があるとはそういうことだ』

宰相には、近衛中隊長のガティカという者は、護衛のためにマリーネから離れないようにとクランベル王から命じられている――との書状が行っている。

断りがなかった以上、マリーネの傍に常にガティカがいても問題にはならない。

マリーネの後ろへ目を向けた状態で、エリックは訊いてきた。

「あなたが召喚された魔獣は人型だという情報がありました。まさか後ろに立つガティカがそれだということはありませんか？」

揺らいで見える時点で流した噂が役に立つ、とイリスは言った。その通りのようだ。

この質問に対する答えは用意してきた。

マリーネはくすくすと笑い、心の中では落ち着けと自分を宥めながら言葉を繰り出す。

「どういうふうにお考えになってもよろしいですわ。私が召喚した存在は、姿を隠すよう命じれば人の目には見えなくなります。召喚契約によって、魔法力のある者にも正しく感知できません。ですが、呼べば現れます。そして私を守ります。そういう契約なのです」

エリックをじっと見れば、彼はフルフルと首を横に振って額に指を付ける。

顔が伏せられたので表情は分からない。

——こういうやり取りは苦手だわ。もっと率直に聞いてしまいたい。イリスの居所を。

宰相は博識といわれるだけの意見を出してくる。

「人型がすべて魔人だとは限らないといっても、可能性はありますね。マリーネ様、召喚されたのは魔人ではないのですか？　一度呼び出していただくことはできないでしょうか」

「私の力で御しきれるかどうか分からないので、あまり出現させたくないのです。でも、私の守護だけは、力の限り果たしてくれると信じています」

ようは、暴れ始めると止められないが、彼女の守りだけはするということだ。

危険を考えればマリーネに滅多なことは言えないし、ましてや危害など加えられない。

エリックもそう考えてくれればいいのだが、彼はマリーネの後ろに立つガティカへ目をやったまま、いぶかし気に眉を寄せた。

「本当に姿を消しているのですか？　ガティカは、私には普通の者ではないように見えます。揺らめいていて、実体がはっきりしない。その者が魔人なのではありませんか？」

マリーネは目を細め、なるべく華やかになるように微笑する。

「宰相様は博識でいらっしゃるばかりでなくて、大層な魔法力もお持ちなのでしょう？　魔人かどうかは、そちらのご判断にお任せしますわ」

「ふむ」

微かに唸ったエリックは、再びイリスを上から下まで眺めた。

イリスは近衛兵ガティカとして立ち、ピクリとも動かない。

やがて宰相は薄く笑う。

「あぁ、いけない、話題を逸らしてしまって申し訳ありません。それで私がお聞きしたいのは、マリーネ様は、イリス殿下とお逢いになったことがあるのではないかということです。そうでなければ、あの殿下が単独で求婚されるとは考えられません」

エリックの手の内から抜け出たイリスの居場所をどうしても知りたいのだとひしひしと伝わってくる。当たり前だ。中身であり、核なのだから。

油断すると出し抜かれる。気を付けねばならない。

マリーネは鏡で見て練習していた笑みの中でも、とっておきの微笑を浮かべる。

「残念ながら、ありません。私のところまで届いた皇子殿下のお噂では、聞きしに勝る端麗なお姿だそうですね。それに冷静沈着で、あまり話されないとか。お逢いできるのを、それはもう楽しみにここまで来ましたの」

「……先触れはいただいていましたが、北方の様子は冬が来る前に確認せねばなりません。どうぞご理解ください。そういえば、留守にして申し訳ないというお言葉があったとか、殿下付きの小侍従が言っておりました」

この場を取り繕うためだけのエリックの嘘なのか、小侍従が聞いたのはもう一方の半身の言葉なのか、判断はできなかった。

エリックにも分からない精神的な繋がりで、皇帝城内に残ったもう一方のイリスがマリーネに召喚された半身のことを感じていたなら、彼女に会ってみたいと思うのも当然だ。

複雑な顔になったマリーネは、予定していた通りに話す。

「そうですか。是非ともお気持ちをお伺いしたい。そして、私からのお返事を……」

そこで俯いた。頬が上気したのは、自分でも言っている内容が可笑しくて、笑いだしたいのを我慢しているせいだ。

たぶん、後ろに立っているイリスも、無表情を崩して大笑いをしたいはず。

――でも……、帝国領内に入ってからは、彼の笑顔なんて一度だけしか見ていない。

その一度が、どれほど心の支えになることか。

エリックは、疑念を抱きながらもそれ以上は訊いてこなかった。

ここで面談は終わりだ。マリーネは、確認しようと考えていたことを尋ねる。

「昨日、宰相様の侍従が今後の予定を伝えてくれましたが、わずかでも休憩時間のような隙間がありますか。そのときに、皇帝城内を散策してはいけないでしょうか」

「散策ですか。……退屈されてもいけませんから、サロンに使用されている部屋や、図書室や庭先などを歩かれると良いでしょう。王族として、他国の文化は勉強になりますからね」

そこで、にこりと笑ったエリックは、掛け値なしの善人に見えた。

人は、見掛けで判断してはならないという教えを体現している。

マリーネはゆっくり頷いた。

「はい。国に戻りましたときに姉たちに話したいのです」

「皇帝城の女官長から侍女が派遣されますし、私の方からも侍従を手配するつもりです。侍従の一人に王女殿下をご案内するよう指示を出しておきましょう」

「ありがとうございます」

互いに微笑み合って面談は終わりとなった。

貴賓室に戻ると途端に、マリーネはソファに倒れ込むようにして座る。

脳内でエリックとの邂逅(かいこう)を細部にわたってなぞってみる。

自分の記憶だけでは脚色しているかもしれないので不安だった。かといって、誰とも話すわけにはいかない。

皇帝城全体がエリックの手の内だ。

――あれで良かったのかしら。不安だわ。なにか拙いことを言っていて、この先の危機を招いていないかしら。不安だ。不安……。

彼女の頭の上にそっと手が置かれて、びくりと震える。

ソファの背もたれの後ろ方向へと首をのけ反らせて見上げると、イリスが紙を見せた。

『よくやったぞ。見ものだった。知らないふりが上手くて笑いを堪えるのが大変だった』と書いてあったので、彼女はわずかに笑った。一言だけなら、と小声で返事をしてしまう。

「……うん」

涙が出そうになって目を瞬いた。

のけ反らせていた首をもとに戻すと、彼の手がまた頭の上に置かれる。

撫でられ始めるとその感触を胸に留めて眼を閉じる。子供ではないと怒ることもない。

どれほど時間が過ぎたのか、皇帝城内で仕える侍女を数人引き連れて女官長がやって来た。

宰相が言っていた侍従もいる。

敵地にいる以上、安穏と休んでいる暇はなかった。

夜は舞踏会なので、そろそろ準備を始めなくてはならない。

皇帝城で舞踏会があるのは想定のうちだったから、母親がそのためのドレスをたくさん作ってくれた。

全部持ってきたのは、母親の気持ちを汲んでのことだ。役に立ちそうで嬉しい。

イリスが出発前に、皇帝城の舞踏会に最初に出るならこれ、と選んでくれたドレスを纏う。

皇帝城での貴婦人のドレスは、スカートがあまり広がらないタイプのものが主流らしく、持って来たドレスもそれに合わせて作られている。

冬には、外へ出るときに踝まである厚手のマントを着つけるからだという。

ただそれでは、マリーネの身長を考えると皇妃に言われたようにこぢんまりとしてしまう。

だからなのか、色的にはとても派手な虹色の光沢のある下地の上に、サファイヤとルビーがあしらわれ、それらを真ん中にして、凝ったレースで作られた花が飾られていた。

まばゆい上に、立体感を出した豪奢なドレスだ。

「……すごいのね。でも、私には似合わないと思うの」

鏡で見て、マリーネは肩を落とす。

姉たちなら、誰であってもさぞかし映えると思われた。

侍女のラナが首を激しく横に振る。

「夢の中の姫君のようですよ！　よくお似合いです。きっとすごく目立ちます」

「……そう？」

それなら嬉しいという気持ちが出ている。

「黒のお方のお見立てはさすがに違いますね。手の中に包みたいっていう想いが溢れています。ふふ……、舞踏会ではさぞかし歯ぎしりを抑えきれない姫たちで溢れますよ。ふふふっ」

面白いことが大好きというラナは肩を震わせながら顔を伏せた。

一人でいるなら大笑いというところだ。それにつられてマリーネもわずかに笑う。

――そうよね。明るくいかなくては。

舞踏会では情報収集もしなければならない。

皇子が北方の視察へ出たのは本当のことなのか。必要があるのか。いつから出ているのか。

宰相一人で国を動かしているわけがないので、なにか知っている者もいるだろう。

マリーネは舞踏会場となっている大広間へ向かった。

ガティカは彼女の後ろから離れない。

侍従の先導で廊下を歩いている間に、ドキドキと鼓動が速まり、それに合わせてどんどん歩調が速くなっていった。

侍従が後ろをちらりと見て、緊張して強張ったマリーネの顔や迫ってくる様子に、ぎょっとした表情になると速足になった。

するとマリーネの足も速まって、ほとんど小走り状態だ。

髪は、髪留めで上部は留めていても、下の方は流れのままだ。

それがドレスの裾と一緒に後ろへと流れている。

「マリーネ様……マリーネ様っ」

イリスの声が聞こえて、はっとしたマリーネは一気に立ち止まる。息が上がっていた。

「……どうぞ、もう少しゆっくり。他国の廊下です」

「ぁ……、そうでした」

立ち止まって息を整えている彼女のところへ、先を行っていた侍従が走って戻って来る。

侍従も息を上げていた。マリーネはまだ少年の侍従に微笑み掛ける。

「ごめんなさいね。緊張しているから急いでしまったわ」

「いえっ」

侍従はあたふたとして頬を赤らめる。

そうして再びゆるりとした歩調で舞踏会場となっている大広間へ足を向けた。

ガティカとして壁際で立っている状態で参加予定のイリスは、舞踏会場に相応しい服装でなければ入れないと通達があったので、クランベル王宮での中隊長の式服を纏った。

金のボタンがダブルで沢山付いた立ち襟の上着と、紫紺のズボンといういで立ちだ。

肩からうしろに流すのはハーフマントで、通常は紫紺だが式典用なので緋色に替えている。

『こういう服は着たことがないから、服装だけでも私だとは誰も気が付かないな。せいぜい、笑いを絶やさないようにしよう』

準備をしている彼女のところへ来たイリスが紙に書いたので、彼女も書いて返事をする。

『鏡で笑い顔を練習すべきだったかもしれませんね』

イリスはそれを見て微妙な顔をした。

彼がいま口元に浮かべる微笑が作ったものだと暗に示している。

それ以上は紙に書くことはなく、書いたものはイリスが暖炉の火にくべた。

暖炉の中で燃える炎と、完全に燃えているかどうかを確かめるためにじっと見ているイリスの横顔を、マリーネは少し離れた位置で眺めていた。

——紙に書くだけでは伝えきれないものが声にはあるんだわ。言葉を発するときの表情とか、その調子とか、会話の中からも心の距離を感じられる。それがないのは、……苦しい。

大事なことは紙に書く。

もっと大事な胸のうちは、よくよく相手を見ていなければ気づかないままで終わってしまうかもしれない。

彼をよく見ているようにと、マリーネは自分に言い聞かせた。

紙に書いたわずかな言葉で判断しないこと、そして笑わなくなったなどというほんの一面で不安を呼び寄せないこと。

姉にも言われているではないか。

『あなたの場合、こうと思ってもそこで立ち止まって、もう一度考えることが必要』

まずは目的をしっかり胸に刻んでおくのだ。

——イリスの半身の居場所を掴むこと。

奇しくもそれは、対象が違うだけでエリックと同じ目的となっている。

考えている間に舞踏会場の大広間に到着して、侍従の名乗りの声と共に入場する。

彼女の名が告げられると、そこにいる人々の注目を浴びた。

旅路の間も散々人の目を感じてきたとはいうものの、これほど多くの視線が一斉に向けられると足が竦みそうになる。

「王女殿下」

後ろからの声はイリスのものだ。動けなくなったマリーネの背を押してくれる。

マリーネは、満面の笑みを振りまきながら、一歩を踏み出した。


挨拶に次ぐ挨拶で顔が強張りそうだ。

腰を軽く屈めて、貴婦人への礼儀を手の甲で受け取る。

名乗られると、事前に要注意人物としてイリスが名を挙げた一覧を脳裏で引っ張り出して照合する。

一覧にない者は、さほどの権力もなく高級官吏でもないとして、申し訳なくもこの際すぐに意識から遠ざけていった。

会話は、少しずつでも皇子イリスのことを含めるようにする。

「クラン伯爵様は、北の方に農園をお持ちだそうですね。イリス殿下の視察の折には、そちらへも寄られるのでしょうか」

「いつもはそうですね。ですが、今回は事前に通達がなかったので、たぶんお寄りくださらないでしょう。……別の場所を回っておられると思います。きっと早くお戻りになってマリーネ様にお会いしたいとお考えなのですよ」

「それなら嬉しいのですが。十日後……いえ、九日後にお戻り予定ですものね。予定はしっかり組まれているようですから、私のために早く戻って来られるなんて……」

そこで少々寂しそうな顔をしてみる。

すると彼女を取り巻いていた一人が弾んだ声で言う。

「お出掛けになったのが、姫君が来られる三日前でしたから、さぞかし後ろ髪を引かれていらっしゃったことでしょう。通常よりも一日とはいえ短いご予定になっていますから」

周囲は笑いに包まれた。

もしも彼女が婚儀までたどり着けるなら将来の皇妃になるから、ここで繋ぎを取っておくのも悪くないという考えがそこかしこで透かし見えている。

逆に、イリスが他国の王女に求婚などあり得ないと考える者は遠巻きだ。

そちらの者たちがなにか知っている可能性もあるから、多少邪険に扱われてもマリーネは近寄って話し掛けた。

「ミルガンダ侯爵様は、イリス殿下が小さなころからの教育係だったそうですね。噂ばかりが聞こえてきますが、本当のところ殿下はどういうお方なのでしょうか」

侯爵はマリーネを胡散臭そうに眺めながらも、教育係という指摘に気を良くしたのが見て取れた。

彼は、イリスがエリックに捕らわれるまで、つきっきりだった教育担当者の一人だという。

ミルガンダは言葉を選びながら答えてくる。

「私は殿下が十四歳になられたときに、役目から外されています。少年のころのあの方なら少しは分かりますが、いまはどうも……」

「なにか違うのですか？　少年のころの殿下といまのイリス様は」

「昔はよく笑うお方でしたよ。いまは、冷静沈着で滅多に笑わず、ほとんど話されない。噂はかなり的を射ているかもしれません。非情であるとか冷酷であるとか、火のないところに煙は立たないと申しますが、一概にただの噂とも言えないでしょうな」

どきりとする。

クランベル王宮でのイリスは、エリックに捕縛される前の彼であり、いまは、噂通りの皇子殿下ということだ。

——彼が自分を取り戻したら、いまのイリスになる？

顔がわずかに強張ってしまったかもしれない。

すす……と近寄ってきた派手な夫人が、高い声で割り入ってくる。

「まぁ、侯爵様。イリス殿下は無口で静かな方ですけど、非道でも冷酷でもありませんわ」

重要人物一覧から外れている貴族の奥方だ。

その奥方はマリーネを見下ろしながら扇で口元を隠した。

故国の王宮でもよく遭遇した動きで、隠している口元に浮かぶのは嘲弄だろう。

扇の陰で思っているのは、『こんな小さな姫君が殿下の妻？　将来の皇妃？　あり得ないわ』のあたりか。

マリーネの身長は平均より低いくらいで、そこまで小さくはない。

ただ四人の姉たちの中に入るとことさら『こぢんまり』と見えるだけなのだ。

――そのはずなんだけど。違うかもしれない。イリスの横に並ぶには、貧相とか、そういった感覚を持たれてしまうかもしれないわね……。

侯爵は女性の意見には逆らわない主義らしく、両肩を上げると口を噤んだ。

代わりのように、その奥方が話し始める。

「マリーネ様の今日のドレスは素敵ですわね。でも、皇帝城の中にも、それだけのものを用意できる貴族の家はありますのよ。皇子殿下の花嫁候補も、それはもうたくさん！」

マリーネは、いつもそうしてきたようにゆっくり微笑して応えた。

「私はただ、イリス殿下のご真意を尋ねたいだけです。宰相様が、私に届けられた親書は本物だと保証なさいました。イリス殿下の署名も本人のもので間違いないそうです。どういうことなのでしょう。なにかご存知でしたら、教えていただけませんか？」

その奥方は頬を紅潮させてふいっと横を向く。

その不遜な態度が、なにも知らないと雄弁にもの語っていた。

すると黙って成り行きを見ていた侯爵が、まぁまぁとその場を取り繕う。

「殿下の真意を知りたいのは誰もが同じですよ、マリーネ様。果たしてあの殿下が、長々と説明してくださるかどうか、それも見ものです。早くお帰りいただきたいものですね」

そこへ他の者が横から口を出してくる。

「今回の北方視察は、主な貴族は誰も同行していませんし、私の知る限り事前に知っていた者はいません。どうしていきなり出られてしまったのでしょうね。姫君が来られるのに」

そこでこのグループの面々は密やかに笑う。

彼らは、どれほど親書が本物でも、イリスから求婚するなどあり得ないと考えている。

あからさまに彼女を排除しようとする者がいないのは、やはり召喚によってなにかが側にいるかもしれないと恐れるからに違いない。

架空の存在に守られている。

しかも、本当に架空なのかと言われるとそうではない。

ちらりと視線を流せば、その先の壁際に近衛兵姿のイリスが立っている。

マリーネはそこでほっと息を継ぎ、情報集めのために再び人に話し掛けるのだった。

――一人じゃない。それだけで、役目を果たしていける。でも、聞けば聞くほど……。

彼女は、次第に困惑してゆく自分を持て余す。

実際に本人を身近で見ていた皇帝城の面々が話すイリスと、マリーネが知っている彼は、まったく別人だ。

――冷酷……。操っていたのはエリックだから、宰相の性質だってことじゃないの？

マリーネが知っているイリスは、明るく朗らかに笑う人だ。力も強力で姉たちの攻撃を軽く躱していた……らしい。

見ていないからその点は知らない。

本当の彼は？　自分をすべて取り戻し、エリックを倒して自由になったイリスは、どういう人物になるのだろうか。

イリス自身は何と言っていた?

『皇子の私は笑わない』

一瞬身体の芯が揺れた。

「マリーネ様。どうぞ私と踊ってくださいませんか」

「え? あ、はい」

若い貴公子が手を出していた。彼女の歓迎舞踏会だから踊らなくてはならない。

湖畔でイリスと踊ったダンスのステップを踏み出せば、貴公子は感心したように囁いた。

「お上手ですね。どこかで習われましたか?」

「こちらへ来るにあたって練習したのです。早くイリス殿下とも踊りたいものですわ」

ダンスの最中でも会話はできる。むしろ他の者に聞かれにくいので好都合だ。

「宰相殿が、殿下の親書は本物だと太鼓判を押したそうですね。一体どこで逢われたのですか。

皇子殿下は帝国の外にはほとんど出られたことがないはずですが」

「そうなのですか。私も不思議でなりません。ですから是非とも、ご本人にお逢いしたいのです。

もちろん、父からの親書を届ける使者の役目も重大なものと心得ていますけど」

「父君の親書には賛同する者も多いですよ、きっと。平和であることは誰もの願いでしょう。実は、帝国が南へ進軍するという話があって。……進軍の話はご存知ですか?」

マリーネは、ぎょっとしたふうを装ってダンスの相手を見上げる。

「そうなのですか？　皇帝城へ入りましても、そんな様子は微塵(みじん)も窺えませんでしたのに」

「一時は本当に動き出すかと思われましたが、いつの間にか立ち消えになっていました。三か月くらい前でしたか。計画が停止になったと聞こえてきて、皆ほっとしましたよ」

「三か月くらい前……」

ちょうどマリーネが召喚魔法を実行してイリスが現れたころと一致する。

貴公子とのダンスはそこで終わった。再びイリスへと視線を流す。

彼を見るだけで不安な気分が落ち着くというのに、そのとき、どこかの令嬢グループが彼に近寄っていた。

魔法力があれば揺らいで見えるイリスの姿は、力がない者には他国の近衛中隊長ガティカとして目に映る。

考えてみると、ガティカは大層な美丈夫ではないだろうか。

令嬢たちが話し掛ければ、礼儀上不遜な態度は取らず、優しく微笑する他国の近衛中隊長の態度になる。

口元にある笑みが作ったものでも、魅力的なのは間違いない。

意識がそちらへ集中すれば、弦楽器の音楽が止まったところで会話が聞こえてきた。

「若いのに中隊長ですってね。ガティカ？　変な名前だわ」

令嬢たちはそこできゃぁと笑う。

近衛隊の中隊長クラス以上は貴族の家の出の者が多いと知っていても、彼女たちからすれば身分は自分より下になる。だから余計に態度が気安い。

「あなた、何だかイリス殿下に似ているわね。黒髪で長いところ」

「眼が違うわ。殿下は、ほら、滅多にないオッドアイだもの。しかも青と黄金よ」

彼女たちは顔を見合わせて、誰ともなくほぅと小さな溜息を吐いた。

「そんなに似ていますか？」

ガティカが言えば、そこにいる令嬢たちや混ざってきた奥方たちなど、みな口々に否定した。

「いいえ。だって、殿下はお笑いにならないもの」

それぞれに頷く。

微笑を浮かべているなら皇子ではないと当たり前のように納得するほど、皇帝城の彼は笑わないのかと改めて思った。

——イリスは、自分が人形のように操られていることを自覚していたもの。笑ってなどいられないわ。……そうでしょう？　イリス。

クランベル王宮にいるとき、噂もそうだが、皇子としての彼について一度も聞かなかったのは、本人が話したくないだろうと考えたからだ。

彼自身、苦しいと口にしたところで、どうにもならないのは分かり切っていた。苦行だったと、わざわざ弱音を吐くような者でもない。

——記憶に穴があると言っていたし……。

きっと、詳細を語るには分からないことだらけだったのだ。

無理やりそちらから視線を外したマリーネに近寄ってきたのは、恰幅(かっぷく)の良い老獪(ろうかい)さを思わせる迫力のある人物だった。

政務における重鎮で、大広間に入った時点でバイエン公爵と紹介されていた。

「踊っていただけますかな」

「はい。喜んで」

重鎮なら、他の者が知らないことも知っているかもしれない。

その場にいた者たちに軽く頭を下げてから、マリーネは公爵に手を取られて再び踊り始める。

さっそくイリスのことを話題に上らせた。

「イリス様はいまごろどの辺りでしょうか。他の方々は、今回の北方視察は誰も詳しく知らないと言われました。公爵様なら、よく知っておられるのではありませんか?」

「あ、それは、いや。機密事項でもありますから、詳細をお話しするわけにはまいりません。申し訳ない」

一瞬の間と、取り繕う言葉。

重鎮のはずのバイエン公爵も、今回のイリスの動きは事前に聞かされていないし、いまの時点でも知らないと分かる。

彼女は眉を寄せ、沈痛な表情でもう一度尋ねる。

「北方へ行かれる前は、どのようなご様子でいらしたのでしょう」

少し黙った公爵だったが、自分が皇子の動向をはっきり知らないなどと思われたくないのか、普通なら話さないことも言ってくる。

「……実は、殿下は、三か月くらい前からどこか様子が変だったというか、無口に拍車が掛かっておられたというか。ずっとなにか考えていらっしゃったようです。マリーネ様がこちらへ来られる七日ほど前には、とうとう倒れてしまわれたようで……」

「で、でも、私が来る三日前に北方へ出られたのでしょう?」

「城内の医師に確認しました。残念ながら事実でしたな」

公爵は、マリーネがイリスのことを詳細に知っているのではないかという疑問の上に立って話していた。

彼にしても、マリーネから何らかの情報を得たいのだ。

――私が入城するより七日前。

ちょうどマリーネの一行が帝国領内に入ったころだ。

そのころから、イリスはもう一人の彼、半身からエネルギーが流れてくると言っていた。このままいけば、皇帝城内の方は起き上がれなくなるかもしれないと――。

笑みを忘れたマリーネは、きつくなった視線でバイエンを捉える。

「イリス様がご病気なら、どこにいらっしゃるのでしょう」

わずかなこの質問は公爵の問いの幾つかに答えていた。

彼女はイリスについての詳細を知らないし、最近の出来事も教えてもらっていないと。

「どこに、ですか。分かりませんな。宰相殿は、何度問(と)い質(ただ)しても北方だと言われる」

バイエンは声を落として囁く。よほど誰にも聞かれたくないようだが、皇帝城内の話し声はエリックに筒抜けというのも、バイエン公爵は知らないのだ。

「マリーネ様、本当にご存じないのですか？　視察という名目で公の場から離れて療養されているかもしれない……という噂もあります。宰相殿が隠しているのではないかと」

「隠している……。どこに」

「……北方とか。そうか。ご存知ないのか」

バイエンはマリーネが、マリーネはバイエンがイリスの居場所を知らないということを互いに確認した。そして北方視察など、どちらも信じてはいないということも。

マリーネは考え込んでしまう。

もしも北方なら、マリーネたちがここにいる意味はない。

北方といってもかなり広く、皇帝城からは距離がある。早々に父王の親書の返事をもらって移動したいくらいだ。

――魔具の指輪は、指定できる場所としか空間を結べないと聞いているわ。北方だけでは、どこなのか分からないから、指輪は使えない。

そこで彼女は、逃げるだけが指輪の使い道ではないと不意に気が付いた。

以前、掴めそうで掴めなかった閃きは、ここへ通じるものだったようだ。

曲は終わり、公爵とのダンスも終了した。

バイエンは、自分の側には何ら得るところはなかったのに、少々しゃべり過ぎたと気が付いたらしく、そっけなく離れていった。

舞踏会が終了するころ、窓の外では雪が降り始めていた。

帝国では、真冬に何日も続けて降ると聞いていたので、思わず窓から眺める。

――舞踏会も終了ね。上手くできたかしら。おかしなことは言っていないはずだけど。

疲労がどっと押し寄せてくる。

緊張の糸が切れて倒れてしまわないうちに部屋へ戻った。

イリスは、部屋へ戻った彼女にメモを差し出す。

「明日のご予定です」

言っていることと、書いてある内容は別ものだ。

『夜中は城内を調べることにする。魔法力の縛りは解除状態だから運動能力を上げられるし、私の動きをエリックが察知しても、奴は魔人だと疑っているからそれでごまかせる』

彼女は、急いで適度な会話に仕立てる。

「この時間には散歩をするわ。印を入れておくからペンをちょうだい」

「はい、私もお供します。同行のマークを付けておきましょう」

書いているのは別のことだ。

『眠らないの？』

『体力も底上げしている。大丈夫だ。お前になにかあれば、すぐに戻れるだけの速度もあるから、心配するな』

決意を秘めた目をしていた。マリーネは頷くことしかできない。

イリスはエリックとの面談を終えて、ガティカを人型の魔獣、あるいは魔人と考えていることを確認したから、皇帝城内を探るために動き出した。

元から考えていたなら、予定行動ということだ。

皇帝城へ入ってから彼がなにを考えているのか、マリーネには察することさえできない。

こういうときに、声に出して会話ができることのありがたさを思う。

紙は暖炉の炎で灰になった。イリスはマリーネに深くお辞儀をして待機部屋へ向かう。

彼もひどく緊張していた。切羽詰まっているともいえる。

厳しさを秘めた眼光と、強張った表情、そして動きはあくまで戦士のように隙がない。

気を付けてと言いたくても、口に出せないのが胸を苦しくさせる。


翌日も雪が降っていた。外に出ると寒いので城内の散策をする。

侍従の案内もあって、『皇帝城の自慢の庭』『他国に誇る図書室』などを巡った。

イリスは数歩離れた位置で、いつものように付いて来る。

彼は夜明けに戻ったと思うが、つい心配で後ろを見てしまいたくなる。

半身の居場所の手掛かりはなにも見つからない。

予定されていた茶会も午餐の会も、重々しい皇帝主催の晩餐会も、舞踏会と同じような流れだ。

そうして瞬く間に五日過ぎた。

晩餐会は席順が決まっている。

マリーネの席は、長テーブルの端に座った皇帝の角を挟んだ隣だ。

緊張甚だしいが、主賓なので逃げるわけにもいかない。

もう一方の隣は有力貴族の奥方たちだ。大抵はバイエン公爵夫人が着席していた。彼女はいつも娘の話題を山ほど出してくる。

五日目の夜に催された皇帝主催の晩餐会でも、バイエン夫人が隣の席だった。

「イリス様にはご縁談がたくさん来ていたのです。周辺国や遠方の国の姫君からも！　ですけど、すべてお断りされていたと聞いております。私どもの娘は帝国内で、最後まで残っている花嫁候補なのですよ。第一候補と言われています。皇妃殿下、そうですよね」

長テーブルの皇帝側ではないもう一方の端は、皇帝城の女主人になる皇妃の席だ。

話を振られた皇妃はこちらを見て笑う。赤い唇が妖しく動いた。

「ええ、公爵令嬢は、それは教養深く美しく、そうそう、マリーネ様と同年齢でしたね」

どきんとする。同じ年齢でもずいぶん違うと言われそうで少し怖い。

皇妃は微笑しながら強い口調で言う。

「公爵夫人、イリスは皇帝一族の秘儀を受け継いでいますから、相手を選ぶのは当然ですよ」

そこですかさず公爵夫人はマリーネへと顔を向ける。

「そういえば、マリーネ様はクランベル王家の秘儀ができると聞き及んでおります。お父上は、秘儀の因子を持つ姫を他国に嫁がせることに反対なさらないのですか？」

反対していたら求婚の親書など持たせるわけはないし、マリーネが使者になることもなかっただろうに、公爵夫人はそこまで考えていない。

ここはやはり微笑しかないと、マリーネは笑みを口元に浮かばせる。

「クランベルの場合、因子が確実に表面化するとは限らないのです。父がどのように考えられたか私には分かりませんが、国同士の約束事には婚姻がなにより有効という話もありますから、あえて嫁がせるという判断かもしれません」

「そういうお考えでしたら、娘を送り出されたのも分かります。皇子殿下との婚姻は、クランベル王国のためになりますものね」

しゃべり過ぎている公爵夫人に皇妃が口を挟んで止める。

「イリスは自分の結婚に政治的な考えは持ち込まないでしょうね。少なくとも、マリーネ様は求婚の親書を持っていらした。もはや第一とか第二とか、候補の段階ではないのです」

きつい指摘に、バイエン夫人はざっと音を立てたようにして青ざめて黙った。

公式の場で顔を合わせる皇妃は、最初のときの厳しい言葉は投げてこない。

どちらかと言えばぎこちないマリーネのフォローをしてくれていた。

最初にきつい言葉で相手の人物を量っているなら、マリーネは、イリスの母親の眼鏡にかなうものが少しはあったのだろうか。

マリーネは晩餐の間の大扉の方へすっと目線を走らせる。その向こうにガティカがいるはずだ。

さすがに、晩餐のときに彼の席はないので、外で待機している。

――イリスとたくさん話したい。

紙の媒体では要点しか書けない。もっと彼と話して、もっと意見を交換したい。

いずれ元通りになったとき、改めて皇帝城内の人々とマリーネを見て彼はどう思うだろう。

たくさんの花嫁候補がいる中で、自分が選ばれる自信などまったくなかった。

皇妃がマリーネの方を見てため息交じりに言う。

「私もイリスに真意を問いたいと思っています。どうしてマリーネ様が来るのが分かっていて出掛けたのかしら。エリックから聞くまで、北方へ行ったとは知らなかったのよ」

皇妃もイリスの出発を知らなかったのかと驚いてしまった。

もしかしたら皇帝も知らないのかもしれないとそちらを見れば、別の者と話をしていたので尋ねるのはやめる。

その後の晩餐会は、ときおり会話の中に針を含みながらも、滞りなく進んでやがて終了した。


宰相は、夜会や舞踏会、晩餐会など、すべて欠席している。

以前は出ていたらしいが、皇子が北方へ出発して以来、まったく公式な場には姿を見せていないらしい。

マリーネはたまに宰相エリックと廊下で行き合う。

彼はマリーネよりもガティカの方が気になっている様子だった。

もしかしたらイリスだと気が付いているのかと疑問も湧いたが、それならすぐにも手に入れよ奇妙な感じで日々が駆け足で過ぎてゆく。

八日目になった。

十日過ぎたら、皇子殿下のイリスが現れるはずだが、どうだろうか。

マリーネは、手掛かりと言えるものがなにもないのに焦っていた。

今夜は皇妃主催の夜会だから、できればそこで欠片なりと情報を掴みたい。

イリスも焦り始めているように見える。

昨晩はさすがに部屋で眠ったらしいが、朝になってマリーネの傍に付いた彼は、どこかやつれた感じがした。

やがて夜になり、かなり冷えて雪がまたちらほら降ってきた。

夜会のドレスを纏い、部屋を出ようとソファから立ったとき、イリスが封書を渡してきた。

「昨夜、クランベル王国から使いが来ました」

マリーネは封書を受け取り、書斎机まで行ってすぐに開けた。

中に書かれた文字はイリスのものだ。マリーネは微笑んで言う。

「お姉さまたちからだわ。皆元気だそうよ。私のことをずいぶん心配されているわ」

そして中身を読んでいく。

『焦るな。焦ると危機に陥りやすくなる』

マリーネは思わずイリスの方を見た。近衛中隊長の夜会用の式服を着た彼は、横にいたラナと夜会での警護のことを話している。

ちらりともこちらを見ない。それが正解なのだ。

マリーネは、もう一度便せんに目線を落とす。

『城の中にいると記憶が多少でも戻って来る。あちらから流れて来るエネルギーは途切れた。ぎりぎりのところまできたのかもしれない』

心臓の鼓動が速まるような内容だ。イリスは以前、『半身の命が失われたらどうなるの』という彼女の問いに『分からない』と答えている。

「もう、時間かしら」

関係のない言葉を吐いて立ち上がったマリーネは、手に持っていた『手紙』を暖炉の火にくべてから、ドレスの裾を翻して夜会の場所へ向かって歩き出す。

――あぁ、もっとしっかり話したい。

不安ばかりが大きくなって、押し潰されそうだ。

夜会のための大広間に到着して人々に取り囲まれると、大抵は彼女より背が高いので壁に囲まれたような気分になる。

疲労が重なっているうえ、イリスの様子が気になって今夜はうまく対応できない。

「ごめんなさい。今夜は気分があまりよくないので、外の空気を吸いに行ってきます」

どこかの家の老婦人が彼女を気に掛けてくれた。

「雪が降っていますのに？　待ってくださいい、これを掛けてゆかれるといいですよ」

老婦人は壁際で控えていた自分の侍女に肩掛けを持ってこさせてマリーネに渡した。優しい心遣いだ。

――イメルバ姉さま。皇帝城は魑魅魍魎が跋扈する妖魔の巣ではありません。そういう面もありますけど、この城に住む者も、出仕する者も、大半は様々に生きている『人』です。

いつか姉たちと皇帝城の話ができるよう願う。

彼女は連なった窓の一つからベランダへ出て、そのまま外階段を下りると庭に出た。

雪が降っていても、淀んでいない空気は気持ちがいい。

宝石で留める形のショールはかなり大判でしかも厚い布だったから、とても助かった。

庭の奥へ奥へと歩いて行った。後ろにはガティカに扮するイリスがついている。

――ん？　なにかしら。

マリーネはひどく引かれる気持ちで、初めて歩く庭の先にある太い木へ近づいた。

木の横の方、さほど遠くないところに、なぜかエリックが立っている。

――まさか、誘導されたの？

マリーネには魔法力があり、誘導されていたらさすがに察知くらいできるはずだ。

大体、後ろにいるイリスが止めるだろう。

もしかしたらこの木に引き寄せられたのだろうか、と目の前の大木を見つめた。

頭の中に浮き上がった疑問はエリックによって答えを得る。

「おや、マリーネ様。この木に引かれてここへ来られたか。やはりその指輪は魔具ですね。召喚した魔人が持っていましたか？　魔人は滅多なことで自分の魔具は手放しませんのに」

魔人が消滅しても魔具は残されていたが、使用方法はほとんど分からない。

この指輪は、書物に書かれていたから使えるはずだと言われた。

貴重な品なのに『妹の門出の祝いよ』と上の双子の姉たちが嵌めてくれたのだ。

下の姉たちがくれた短剣と同じで、ずっと身に着けている。

「魔人のことをよくご存じのようですね。なぜです？　帝国内には魔人に関する資料も記録も、なにもないのでしょう？」

「ふむ。道中でそういった話が出ましたか。そうです、なにもないですよ。私が百年ほどかけてすべて処分してきましたから。ほら、疑いを持たれたくなければ、それに関する知識を奪うのです。簡単なことだ」

マリーネはぎょっとして一歩下がった。

逃げ出したいが、いまこそイリスの半身をどこに隠しているのか問い質すべきときだった。後ろのイリスもきっと同じ考えだ。

彼女は逃げるためにここへ来たのではない。

イリスとしては、いざという時には、彼女が嵌める魔具の指輪でマリーネだけは逃がすつもりだろうが、いまの話ではそれも難しいかもしれない。

「百年ほど？　あなたは百歳以上ということですか？　疑いというのは、何です？」

「ご自分が召喚した魔人に訊かれるといい。あぁ、その前に私の質問に答えていただきたい。皇子殿下に逢われたでしょう？　あの方の半身に。会ったのはいつ？　どこで？」

くっと顎を引いて睨んだマリーネの方へ、エリックがさくりと雪を踏んで歩を進める。

「マリーネ様っ、戻りましょう！」

後方にいたガティカもまた、飛ぶようにしてマリーネに近寄った。

――エリックが魔人だったとするなら、私やいまのイリスではとても立ち向かえない。

踵を返そうとして、目の前にある木のうろが光ったのを目の端に捕らえた。

「え？　なに？」

視線がそこへ引っ張られ、同時に身体がぐらりと傾く。

視界が一気に暗くなり、身体が浮いて、小さなうろだったのに彼女は一瞬にしてそこへ吸い込まれた。

「マリーネ！」

大きな声で彼女を呼び、思い切り伸ばされたイリスの手は間に合わなかった。

真っ暗な縦穴を下へと落ちてゆく彼女の耳に、エリックの高笑いが聞こえる。

「曲がる魔法力と聞いていたから用心していましたが、八日も観察する必要はなかったな。魔人かと思った近衛兵も、どうやら装っているだけのようだ。もう人形にしてしまおうか。そうすれば皇子の中身とどこで出逢ったのか、簡単に口を割らせられる」

「あなたは、なに？」

さらに笑い声が響き渡る。

「何者とは聞かないのですね。なに、とはいい質問だ。私は魔人だ。この世界に生き残った最後の者。いい加減息をひそめて暮らすのに飽きたころ、……百年前かな。帝国がめきめきと巨大化したころだ。そこで思いついた」

「……乗っ取りを？」

「大陸の制覇を。面白そうじゃないか。魔法使いもいないから、誰も私を止められない」

そこでまたエリックは大きく笑った。

マリーネがふわりと落ちたところは鉄格子の嵌まった豪勢な部屋だった。

暖炉に火が入っていて、ベッドにはイリスが横になっている。

ガティカではないイリス、彼の半身だ。

「イリスっ」

ベッドの傍へ駆け寄る。上掛けを被って仰臥（ぎょうが）している彼の半身を覗き込むと、青白い顔をしたイリスにそっくりな彼はピクリとも動かない。

「感動の再会ですね」

壁一面が鉄格子になっていて、その向こうに立ったエリックは部屋の中をすべて見渡せる。

マリーネは怒りの顔でエリックを睨んだ。

「木のうろに仕掛けていたのは、空間を繋ぐ魔法でしょう？　あの仕掛けで定期的にここへ来ていたのね。一定の時間が過ぎれば元の場所へ戻るから都合がいいんだわ」

「マリーネ様の指輪はそういう仕事をするかもしれませんが、私が木のうろに仕掛けたのは、この場所への扉です。私なら出入り自由なのですよ。他の者にはどうにもできない。あなたの指輪に共鳴してうろが開いてしまいましたがね。——好都合でした」

魔人が使用する扉の仕掛けだから、こちらのイリスは抜け出せなかった。しかし、自分の力を絞って自然の中に流すことはできたのだ。

エリックが出入り口のない鉄格子に近づいてくる。魔力で入って来るつもりだ。

「さぁ、人形にはなりたくないでしょう？　あれはエネルギーを使うから私も後回しにしたい。話してしまいなさい。イリス殿下の居場所を」

「言うわけがないわ。魔人エリック」

「〈あまりもの姫〉。抵抗など無駄ですよ。その様子では、強力な魔獣どころか、呼び出したのは近衛兵に化けるくらいの弱小魔獣だった。そうではありませんか？　もう諦めなさい。皇子殿下が私の手の内に戻れば、あなたの故国を真っ先に蹂躙してあげよう」

——どうしよう。イリスを呼ぶ？　でも、曲がるからきっと上手くいかない。

思わず横たわっているイリスの半身へ視線を移した、

すると、死んだように動かなかった彼の両眼が開いてくる。

右目が青、左目が黄金。二つとない彼のオッドアイが、息を呑んで凝視していたマリーネを見つめ返してくる。

そして掠れた声がした。

「召喚者よ。もう一人の私を呼べ。高らかに」

体中が震えて熱を帯びる。

マリーネの頭の中は沸騰したようになり、言葉を発するより早く魔法陣が稼働した。

金色の魔法陣がマリーネを中心に浮き上がり、三重となって光る。

彼女は声高に詠唱する。

《イリス・デュエル・フィッツ、身を結んだことで確固たる契約は成立している。召喚者マリーネは呼ぶ。この場に、出でよ！》

渦を巻く魔法陣の勢いに押されて下がったエリックは、驚愕の眼を見開く。

彼の視線の先、マリーネのすぐ前に人型が現れ、やがてそれは近衛兵の式服を着たイリスになった。

「そんな、はずはない！　人型の魔獣や魔人は召喚できても、『人』は、誰も召喚したことがないんだ。そうだろう？」

現れたイリスがエリックを見据えて淡々と告げる。

「そうだ。彼女が最初で最後の使い手になるだろう。おまえは、ガティカが私だと分からなかったな。マリーネの召喚魔法の方が強力だったわけだ。いまこの状態で、私はすでにお前の捕縛から逃れている。マリーネの力で――」

イリスは、すぐ横のベッドで横になり再び目を閉じてしまったもう一人の彼の胸に手を突いた。

途端に、寝ていたイリスは消えて、上掛けがぱさりとシーツの上に落ちる。

マリーネは横顔を見せる彼に向って呼んだ。

「イリスっ」

名前を呼べる。心の底から歓喜がきた。

マリーネを見た彼は笑う。これこそがイリスだ。ところが彼は、急に顔を顰めて眉を寄せた。

――なに？　え？

戸惑う彼女を他所に、イリスは深く静かに呟く。

「記憶が戻った。そうか。そういうわけか」

――なにか大変なことを思い出したの？

いまここで訊いている余裕はない。

エリックは驚愕から立ち直り、すぐに鉄格子の魔法を解く。前面を塞いでいたはずの鉄格子は消滅した。

イリスは、マリーネの手首を掴んでその指から金の指輪を引き抜く。

曲がる魔法力では使用できない指輪は、イリスが使うのを前提にして姉たちが彼女に渡した。

《空間よ。開け》

彼の手の中の指輪が見る見るうちに砂となって散ってゆく。

目の前に迫ったエリックが片手を突き出すと、手の平の中心で丸い小さな光の玉ができて、それがこちらに向かって放たれる。

イリスが自分の手の平で受けて別方向へ飛ばすと、轟音(ごうおん)とともに通路の奥の壁が崩れる。

すべてが一瞬のうちに起きた。

それなのにマリーネは、周囲がいきなりゆっくり流れてゆくように感じた。

あまりのことに、感覚だけが凄まじい速度で巡るので周囲の動きを遅く感じてしまっている。

『助けて、と言うのよ』

姉が教えた。

――助けて。私を？　この場から遠ざけてと？　いいえ。相手は魔人。イリスが危ない。

魔法力は魔界から流れてきた力だという。こちらの世界の魔法力はほとんど失われているとはいえ、魔人なら残りを集めて自在に使えるだろう。

イリスがいかに強大な力を持っていても、一人では敵わない。

マリーネは叫んだ。

「助けて！　お姉さまたち！　イリスを助けて。来て、ここへ――」

雷のような轟(とどろき)と共に白い魔法陣が宙に浮かび上がったかと思うと、そこに懐かしいクランベル王宮が見えた。一瞬後には、魔法陣の中心に、王女の鎧を纏った四人の姉たちが出現した。

懐かしい王宮は消え去る。

瞬きより短い時の中でこちらへ移動してきた姉たちは、口々に好き勝手を言い放つ。

「来たわよ。私たちの可愛い妹、マリーネ」

と、イメルバが決然と口にする。すかさずアメルバが優しく言う。

「どういう『助けて』になるのか、みんなで話していたのよ。待っていたわ。十日後という日付だけは殿下が知らせてくださったけど、もっと早くなると思っていたわ。当たりね」

「私の言った通りでしょ。マリーネは、イリス殿下を助けてほしいと言ってくるって。こちらも当たったわ」

ルミアが言えば、ミルティも頷く。

「最初からイメルバ姉さまたちだって予想がついていたのに、『助けて』なんて、どうにでも取れる言葉にしたのよ。ちょっと意地悪よね」

イメルバが下の双子を睨む。

「どういう選択になってもいいように考えただけよ。『助けて』だけだったら、マリーネだけを引き込んだわ。殿下には目もくれずにね」

イリスは苦笑した。

四人とそれぞれが召喚した魔獣、そしてイリスは、魔人エリックと戦闘を始める。

第五章　最後に焼き菓子作ります

牢獄(ろうごく)が設置されていた場所は、北方の谷間の底に自然にできたかなり広い空洞だった。

その中でどごんどごんとエネルギーがぶつかり合っている。

マリーネは、隠れているように言われ、横倒しになった鉄製のベッドを盾代わりにして身を潜ませていた。

皆はその場所からなるべく離れるためにエリックを誘導していく。

このとき初めて彼女は、クランベル王宮でイリスが姉たちと立ち合いを繰り返していたのは、連携した戦闘訓練のためだったと悟った。

エリックを魔人の化身とまで考えていなくても、敵として彼はイリスを押さえつけていられるほど強力で、皆が知らない魔法にも長(た)けていたからだ。

倒さなくてはならない相手だから、協力方法を探っていた。

——私は、戦闘訓練に混ぜてもらえなかった……。

実際は、彼女が召喚したイリスが中心になっているから十分混ざっているのだが、自分だけが知らなかったことが、ただ辛い。

岩の破片を撒き散らして壁が崩れ、ひゅうひゅうと冷たい風が入ってくる。

ちらりとそちらを見れば、遠くにあるはずの北の山脈がとても近い位置にあった。

山頂は白くなっていて、向こうもこちらも、灰色の空から雪がちらほら降っている。

奥側に設えてあった暖炉の火が消えて急激に寒くなったが、大して感じない。

マリーネは、繰り広げられている戦闘を必死になって凝視していた。

エリックの放つ火の玉のような攻撃はすさまじい威力だ。

彼女の位置からは少し離れた場所とはいえ、谷が崩れて埋まってゆくのが見える。

――ベッドの陰に隠れていることしかできないなんて。

魔獣を操る姉たちと比べても仕方がないと思いながらも、自分が情けなくて涙が滲む。

涙が零れそうというところで、目の前にうろこを生やした足が、そして奇妙に長い手が見えた。

その手にも、うろこがびっしり生えていた。

マリーネが顔を上げれば、そこには人の姿を捨てたエリックが立っている。

「えっ!?」

長衣はエリックのものでも、外に出ている手足を本来の姿に戻しているのは、余裕がなくなってきたということか。

背中には、服を破って蝙蝠のような形の真っ黒な翼があった。

さすがに魔法使い並みのイリスと、魔獣使いの四人が相手では分が悪いのかもしれない。

――逃げないと……!

立ち上がる間もなく、這うようにしてその場から離れるマリーネに手を伸ばしてくる。

そのエリックの後ろからイリスが素晴らしい速度で迫り、ベッドの鉄の足を一本、魔法力で取って剣にした。そしてエリックの躰を斜めに切り裂く。

黒い煙のような塵芥が散っただけで血は出ない。

黒い翼を落とし、身体を二つに割って剣先が前へ出るほどの剣技だったにも関わらず、エリックの動きは止まらず、その腕はマリーネを捕らえた。

「キャーッ！」

「くそぅっ」

イリスの悔し気な唸りに応えて嗤ったエリックは、哄笑と共に空中へ飛び上がる。

「腕を上げたな、イリス。……私には通じないが」

その時点で、割られた肉体も翼も元に戻っていた。

──これが魔人の再生能力！　でも、倒す方法はあったはず。な、なんだったかしら。

これだけの再生能力があるから倒すのは難しいとされた魔人だが、魔法使いたちは協力して消滅させた。討つ方法はあるはずなのだ。

しかし、この状況ではゆっくり考えることもできずに、マリーネは空高くへと連れ去られる。

「マリーネっ！」

イリスの叫びが響き渡る。

「マリーネ──っ」

姉たちがそれぞれの方法で空中へ躍り出て来る。

怪鳥使いのルミアの魔獣は数人乗れる大きさだ。そこにミルティも同乗していた。ミルティの白の怪鳥は体長が短く乗せられるほどではない。代わりに情報収集が得意なので、横を飛んで援護の動きができる。

イメルバとアメルバの四つ足の魔獣は、背中から翼を出してそのまま空へ飛び上がった。飛び上がって飛翔しながら咆哮。咆哮によって雷が走る。

イリスは、岩を浮かせその上に乗って空中を自在に飛んで追ってきた。安定を考えてか、膝を突いて片手を岩の表面に軽く置き、もう一方の手で切っ先を持った岩石の欠片を多数放つ。

手の平をエリックに向けて、魔人のものと同じようなエネルギーの塊まで放出した。

しかし、当てるわけにはいかない。マリーネがいる。

マリーネはエリックの片腕一本で抱え上げられて、雪が舞う空を翔けていた。

「はっはぁ……。イリス。私の手を離れたらどれほどの魔法力を発揮するかと思っていたが、結局、己の気持ちに縛られるのか。人間はつまらんな」

嘲笑う魔人に対して、イリスは表情も変えず、スピードを上げさせないために威嚇の砲を連続して撃つ。

姉たちも、前方に回って何とかエリックを足止めしようとしている。

マリーネは、以前より確実に大きなイリスの力を見て、彼が完全に自分を取り戻したのを実感

した。

あれほど大きな岩石が浮いて宙を飛ぶのは、普通のときなら驚きで口を開けてしまうだろう。彼はそのうえで攻撃まで繰り出している。

「私を離して……っ、離して――っ」

「暴れるな、マリーネ！　落ちてしまう」

イリスがぎょっとして叫ぶ。エリックが嗤う。

「あいつの言う通りだ。この高さから落ちれば助からない。お前は飛べないのだろう？」

ぐっと詰まって言葉も出ない。その代わり落ちてもいいからと暴れる。

肩掛けはとうに身体から離れて落ちた。

夜会のドレスは背中が開いていて、しかも上空になった分、寒かった。なによりも、この状態に気持ちがついて行かない。

あまりもの。まさにそうだ。

自分だけが能力に欠けている現状で、しかも人質になってしまっている状況があまりにも重くて泣けてくる。

「暴れないで、マリーネ！　どこまでも追ってゆくからっ」

近くまで迫ったルミアが叫ぶ。その姿を見たマリーネは、はっとして気が付く。

決断が早いと言われている通りに、一時も止まらず動いた。

――ルミア姉さまたちがくださったのは。

マリーネは常に持っていた短剣をスカートのポケットから出すと、振り返りざまに一閃、自分を抱えていたエリックの腕を肩から切り落とした。

「うがぁ――っ」

切り離された腕は、黒い煙のような塵となって消滅した。魔具の威力だ。けれど一度しか使えないものらしく、短剣もまた砕けて宙に散る。

拘束していた腕がなくなり、落ちる――という瞬間に、エリックのもう一方の手が伸びてマリーネの背中を爪で切り裂く。

「――……ぁ、ぐっ」

唇を噛みしめて声を出すまいとした。

落下する彼女の身体を抱き留めたのはイリスだ。

彼が誘導する岩の上で、すぐに治癒魔法が発動して出血は止まってゆく。

魔人エリックはぐらりと身体を傾かせたが、何とか空中に留まったところで、イメルバたちの魔獣が咆哮した。エネルギー砲だ。しかし、それはエリックの作り出した障壁で防がれる。

イリスは、横たわったマリーネをルミアとミルティ、その怪鳥に預ける。

ミルティの白の怪鳥は、自分の役目が追跡に適していると知っているから、片腕を落とされたエリックを追う。

イリスはルミアたちに頭を下げた。

「出血は止めた。あとを頼む」

「殿下！」

「マリーネが作ったこの機会を逃すわけにはいかない」

今しか魔人を倒すときはないとイリスは判断した。

魔具の短剣によって断たれた片腕は再生できないようだ。バランスを崩している。

長姉のイメルバはルミアの隣へ寄ってマリーネの様子を目で確認すると、妹たちに命じる。

「ルミア、ゆっくり地上に下りなさい。ミルティ、マリーネに治癒魔法を！」

それだけ言ってイメルバはすぐに、アメルバと共にイリスの後を追う。

ここで倒さなければ、いずれ故国にも魔の手が迫る。

それでは、傷を負ったマリーネの痛みも、国を出ていった決心も、なにもかもが無駄になる。

「小姉さまたち、……降りないで、このままで、自分の眼で、どうなるかを確かめたい」

雪で覆われた地上に下りようとしたルミアを、マリーネが震える手で止める。

「ルミアは怪鳥を飛ばすことに専念して。マリーネの背中の傷は私が抑えるからっ」

一緒に乗っているミルティが叫ぶ。

王女のための鎧の袖を必死に掴んで頼めば、ルミアは顔を顰めながらも望みを叶えてくれる。

いつもそうだった。

こんな危ない場所に呼び出してしまったのに、なにも言わずに助けてくれる姉たちには、感謝してもしきれない。

マリーネは、自分の役目はここで息絶えないことなのだと心に言い聞かせる。

治癒魔法は、自らに施すことも可能だったと思い出した彼女は、ミルティの魔法力に自分の力を載せて、背中に当てられた姉の手からの放出を増幅した。

翼を出して飛翔するイメルバたちの四つ足魔獣の咆哮による衝撃波で魔人に隙を作らせると、イリスは己の黒髪をバッサリ切った。

――あぁ、髪が……。

女性とは異なり男性は髪に対してそこまでの執着はないらしい。

『最後は自分自身が材料になる。……そこまでの状態になったことはないが』

そこまでの状態とは、自分が危ないときばかりではなく、ここで決しなければ後がないという状況も視野に入っていた。

――自分の一部の方が扱いやすいと言っていたわ。普段から微量ずつでも魔法力を溜めておけるし、望みの形になりやすい。そうか……これがあるから、彼は〈漆黒の槍〉なんだ。

すんなり納得した。姉たちもきっとそうだろう。

稲妻の後ろでエリックよりも上空へ移動していた彼は、自分を乗せて飛ばした岩石から金属を取り出して柄にし、先端に髪を材料にして作った黒い刃を大きな鎌に変えて付けた。

――槍ではなく、鎌。巨大な……。

しっかり目に焼き付ける。二度と見られないかもしれないのだから。

上空から落ちるスピードも載せて、大きく振りかぶったイリスは凄まじい勢いでエリックの首を切り、頭部を落とした。

「ぐっ、ぐわっ、ギエェ――ッ」

落とされた頭部の口が大きく開いて、異様な叫びが山々に響いた。

足場を失くしたイリスをイメルバの魔獣が背に受け止める。戦闘訓練の賜物だ。

エリックは、首から離れた頭部を手で受け止める素振りをした。奇妙な姿だ。

頭を再び首の上に乗せればくっつくのかもしれないが、片腕がなかったために取り落とした。

落ちてゆく頭部に、イメルバの魔獣に乗ったイリスの鎌が再び振り下ろされ、咆哮の稲妻がそれを襲う。頭部は砕けた。

イリスの鎌は勢いを増し、エリックの右の胸を下から掬い上げるようにして引き裂く。それによって肉体も崩れ始めた。

頭部も肉体もざらざらと砂塵になって、山の風に晒されて散ってゆく。

細分化されてゆく頭部に残る唇が最後の言葉を放つ。

恐ろしいことに、近くまで来ていたマリーネにも聞こえる音量だった。

「な、ぜ、首と臓器を狙った。急所の位置など、どこで知ったのだ――！」

イリスが笑う。

「クランベル王宮にある記録を見た。首を落とせ、心の蔵は右側にある、両方を一度に片付けないと再生する。同時に始末すること、それが魔人の弱点だと書いてあった。おまえが帝国から魔人に関する資料を悉く抹消したのは、弱点隠しだったたんだな」

「はっ、ははっ……、ギッ、ギギ……」

分解されてゆく魔人の目がちらりとマリーネを見る。

「なによりも先に、始末するべきだったな――。ギェッ、ギッ、イ、リ、ス、記憶は、すべて取り戻したな？　言ってやれ――、魔法力が、曲がるのは――」

イリスはそれには答えなかった。

答えても、エリックには届かない。最後の一片まで砂塵となってしまったのだから。

――曲がるのは？　私の魔法力のこと？　理由を知っているの？　イリス。

魔人の言葉は途中で切れて、なにを言いたかったのか分からずに終わった。

ルミアが雪で覆われた白い大地に降りると、上の姉たちも来る。

ミルティがマリーネを雪の上に横たえた。

背中の怪我なので上半身はそのまま抱き抱えられている。

「しっかりなさい、マリーネ！　あなたの召喚は大成功だった。帝国とのつながりを作って皇子をこちら側に寄せた。分かる？　あなたは国を救ったのよ。ついでに帝国もね」

イメルバが大きな声を出して、マリーネに治癒魔法を放つ。他の姉たちも、中心にいる末の妹へと力を放った。

――温かい……。

意識が遠のいてゆく。

恐らくかなり大きく斜めに斬られてしまった背中の傷は、普通なら痛みでのたうち回るだろうが、治癒魔法のお陰なのか、いまはあまり感じない。

血も止まっているなら、内部の損傷が酷くなければ持ちこたえられる。

イリスがマリーネのすぐ横で、膝を突いて両手を彼女に向けている。

「しっかりしろ。治すぞ、必ずだ」

マリーネはイリスを見上げて微笑んだ。

できるなら、鏡で見ていた自分のとっておきの微笑になっているよう願う。苦しい顔など絶対に見せたくない。

「あぁ、だめ。時間切れになるわ」

ふっと見上げた先のルミアの姿が、薄く透き通り始めた。上の姉たちも同じだ。

彼女を抱き留めてくれるミルティも同じようになってゆくのでイリスがマリーネを抱える。

アメルバがマリーネに微笑む。

「あの指輪。砕けてしまったでしょう？　一度しか使えないし、定められた時間が過ぎれば、同じ場所に戻される魔具だって言ったわよね。もう戻るから。マリーネ。頑張るのよ」

イメルバはイリスにきついまなざしを向けて言う。

「殿下。妹を預けます。ミルティの白の怪鳥を毎日こちらへ来させますから、皇帝城の障壁の守りは緩めてくださいさい。……マリーネを頼みます」

「承知。この腕から絶対に逃さない。私は自分をすべて取り戻した。マリーネがいてくれたからこそできたことだ。力の最後の一滴まで絞りつくしてでも助ける」

断言した。

薄目を開ければ、消えかかっていた姉たちの姿はさらに見え難くなり、その姿は後ろにある雪を被った森の木々という自然の風景にとって代わろうとしている。

「ありが、とう、……お、ねえさま、たち」

きちんとした声が出せたかどうか分からないが、四人が口元に笑みを浮かべたのは、柔らかく流れた空気で感じ取った気がする。

意識が閉じてゆくにつれ、周囲から光が遠ざかる。

「マリーネ！」

イリスの呼び声を最後にすべては暗転した。

真冬の雪が降り続く中を、白の怪鳥が毎日窓辺から枕元までやって来て、マリーネの様子を確かめる。

小型の怪鳥は周囲に同調して色調を変えられるし、扉や壁なども、魔法的な守りがない限りすり抜けられた。

背中の傷ではうつぶせに寝なくてはならないので、結構苦しい。

イリスは三日三晩彼女について離れなかった。

治癒魔法によって彼自身もフラフラになっているのに、ずっとベッドの横にいた。

しかもイリスは、包帯の取り換えのときも横で立っていたのだ。

宮廷医師がイリスに注意しているのも聞こえていたし、彼が拒否したのも耳に入った。

『殿下。姫君の背中の薬と包帯を取り替えますので、ご退室願います』

『婚儀の前でも妻の背中くらい何度も見ているのだから、いまさらだ』

婚儀の前なのに見たという、マリーネには不名誉になるようなことを平気で言い放っていた。

四日目になり、意識をきちんと取り戻したマリーネが、一番初めにしたのはイリスを遠ざけることだった。

彼を表舞台に帰さなくてはいけない。

「たぶん貴賓室の外では、私がイリスを傍から離さないと言われています。私的な気持ちで皇子殿下を独り占めとかなんとか。どうぞ、なすべきことをするために、あるべきところへ戻って。これ以上、私の不名誉を重ねないでください」

「不名誉？　お前は帝国の危機を救った者だぞ。誰にもなにも言わせない」

「あなたが、いろいろ言っていたじゃないの。婚儀の前でも……って、もうっ」

こういう言い合いも久しぶりだ。それなのにイリスは笑ってくれない。

硬い表情で短い返事だけでは、本当に喧嘩でもしているようだ。

付き切りに近いのはラナも同様で、イリスと違って他の侍女と交替になっていても、ほとんどの世話は彼女がしてくれた。

ラナは、マリーネが横になっている貴賓室の外の様子を教えてくれる。

宰相がいなくなり、帝国の政務は大混乱になっているらしい。イリスが必要だ。

「これ以上は自分の治癒力で治してゆく段階です。あとは自力で療養していきますから」

「傍にいる」

イリスはピクリとも表情を変えずに短く受け答えをする。

傍にいてくれるのが嬉しいので、マリーネは困ってしまった。

かといって現状を放置できないから、マリーネはことさらきつい調子で彼に言うしかない。

「あなたの魔法力の存在を常に感じてしまう距離では、落ち着かなくて私が休めないのです。一人の方がきっと回復するのも早いわ。イリス。お願い」

彼はすっと視線を外すとぼそりと言う。

「お前は、命じることもできる。命じるなら考えよう」

どきりと心臓が鼓動を打った。

イリスが彼女を失えない理由の一つが、召喚契約の解除だ。

彼の魔法力の縛りは常に解いてあるとはいえ、彼女が契約を解除せずに死亡すると、彼の魔法力は縛られたままになる。

だから考えてしまうのだ。

彼がマリーネの傍から離れないのは、召喚契約の解除があるからだ――と。

皇帝城で寝かせられた最初の夜のことを思い出す。

意識をはっきり戻したのは四日後だったが、実は最初の夜も薄く目を開けたときがあった。

うつ伏せで寝かせられている自分を自覚したのもそのときだ。

枕はなくて顔は横向きだった。視界の先にイリスと、宮廷医師の一人がいた。

『ここにいると言っている』

表情もなく硬い声でイリスが言っていた。

『殿下のご裁定を待つ者がこの部屋の外で列をなしています。私にも治癒魔法なら使えますので、こちらは私に任せて、どうぞ帝国の柱としてお立ちください』

『だまれ。私に意見して良いと誰が言った』

そのときのイリスの眼は、青の方が濃くなり恐ろしいと感じる冷たさに満ちていて、底光まで放っていたように見えたのだ。

冷静で冷酷で笑わない皇子のイリスは、マリーネの知らない人だった。

彼女はすぐにまた意識を途切れさせたので、その後のことは知らない。

けれど結局イリスは、三日三晩マリーネの傍にいたと聞いた。

その理由が、心配というより、召喚契約の解除にあると考えてしまうのも、そのとき垣間見たイリスの様子からきている。

召喚契約の解除に異存はないが、そのためにも回復しなければならない。

「包帯を取り換えるときに傍にいてほしくないのです。そっとしておいて。お願い、イリス」

これは本心だから、彼にもそのままに伝わっただろう。

背中には、きっと傷痕が残っている。包帯を取り換えるとき、医師はともかく横についている看護師役の女官が息を呑んで顔を強張らせていた。

イリスが無表情だったのが救いだ。

あれほど愛おしんでもらったのに、傷がついた。

つらいことだが、命があっただけまだましと思うことにしている。ただ、これ以上、彼のオッドアイに晒すのは耐えられない。

イリスは目線を天井に向けて思案してから、マリーネに返事をした。

「分かった」

たった一言で彼女の申し出を受け入れた彼は、隙のない動きで部屋を退室した。

遠ざかる広い背中をマリーネはじっと見ていた。

笑わないイリス。短い言葉で端的な返事しか寄越してくれない。

――あれは誰？　これからは、自分を取り戻したイリスと声に出していろいろ話せるって喜んだのは私だけなの？

自分だけがはしゃいでいたようだ。

――ばかみたいね、私。こうなるかもしれないって、予想していたのに。

その夜は枕が涙で濡れた。

彼が来なくなってから数日過ぎる。季節はますます冬の様相を濃くしてきた。

やっと起き上がれるようになってから、マリーネはナイトドレスの下半身部分を手で持って上半身を外気に晒した。

暖炉に火が入っているとはいえかなり空気が冷えていて、肩先がふるりと震える。

マリーネは姿見に自分の背中を向けると、母が荷の中に入れてくれた手鏡で己の背中を見た。鏡は、余すところなく正確に傷痕を映した。

彼女の背中は魔人の爪で斬られたので、傷が塞がり普通に動けるようになっても、痕は消せない。緋色の線が白い背中を斜めに走っている。

――思っていたよりも綺麗な傷痕ね。細くて、線で引いたみたい。でこぼこと腫れてもっと醜くなっているかと思った。

マリーネはそれよりもましだと、ふふ……と笑みを浮かべる。なぜか涙も零れている。

――あれほど愛してもらった背中なのに。

自分の行動に悔いはない。イリスは目的を達して奪われていたすべてを取り戻した。彼はもう、魔人に操られることはなく、自分で考え、自分の意志で動いていける。

――終わったのね。あとは私が彼との召喚契約を解除するだけ。

背中の傷痕がもっと落ち着いて痣のようになれば、魔法力を解放しても再び裂けてしまうことはないだろう。

――あと……そうね。一か月くらいかしら。

そろそろ身の回りの整理を始めて、時が来たらすぐにも皇帝城を出られるように、気持ちの整理も付けていこう。

結論を出すのが早いと言われるマリーネでも、ベッドの中でずっと考えていたから、速すぎるということはない――きっと。

彼女はふぅと一息ついてナイトドレスを元に戻し、再びベッドに入った。

瞬く間に一か月を数え、もうすぐ一年が終わるという時期に入った。

雪がしんしんと降り、次第に積もってゆく。クランベル王国では見られない光景だ。

それをソファで眺めていられるようになったマリーネに、皇子イリスが主催する夜会の招待状が届いた。

招待状を持って来た侍従が言うには、マリーネの復帰を示す絶好の機会ということで、出席の予定は端から組まれているらしい。

彼女からの返事があり次第、夜会の名目はマリーネの回復祝いになるとか。

「どうされますか？」

ラナが尋ねてきた。

侍女仲間の横つながりで、ラナには皇帝城内の出来事が山ほど耳に入る。

事実もあれば予想や期待も織り交ぜた噂程度のものまであり、マリーネはすべて教えてほしいと伝えていた。

ラナが言うところによると、公には、宰相エリックが魔人だったことや帝国の乗っ取りを企んでいたことは発表されたという。

——イリスが人形化魔法で操られていたのは伏せられているのね。

どこかに魔人がまだ潜んでいるかもしれないと考えられ、今回の件の詳細は、ある程度ではあっても帝国内を始め近隣諸国に公開された。

魔人を倒すために手を貸したのが、クランベル王国の王女とその魔獣だったことも、末の王女マリーネの活躍も公開情報として出された。

マリーネが魔人に対して魔具で立ち向かい致命傷を与えたからこそ、皇子イリスが止めを刺すことができたという発表もあったらしい。

イリスの求婚の親書は、本人が本物だと表明し、マリーネからの返事も得たと言明した。

だから現在、マリーネはイリスの婚約者という扱いになっている。

帝国の貴族たちの間では、皇子の求婚はエリックを倒すための一時的な策略でいずれ婚約は解消されるというのと、クランベル王国の手助けを必要としたから話が持ち上がった政略結婚ではないかという、二つのうちのどちらかだとまことしやかに囁かれている。

——召喚のことがなければ、私もそういうふうに考えたかしらね。

「マリーネ様はフィッツ帝国にとって救国の女神でいらっしゃるのです。夜会にも胸を張って出席なさいませ」

明るく語ったラナは、招待状を彼女に渡して深く腰を折った。

「救国の女神……。荷が重いわね」

ソファに座ったマリーネは、金の封蠟がなされた招待状をじっと眺める。

マリーネの傍から離れたイリスは、帝国の政務を立て直すのに必死になっていると聞いた。

会議に次ぐ会議、人事の刷新など、眠る暇もないに違いない。

ガティカが夜中に城内を探っていたときと同じで、自分の魔法力で体力を底上げして、眠らなくても動けるようにしているのかもしれない。

ただその方法は魔法力を大量に削るから、あとでどっと疲労がくるのだが。

ちなみに、ガティカは魔人との戦いで大怪我をしたので、クランベル王国へ戻ったことになっているそうだ。

手にした招待状の封書を開けたマリーネは、皇子の印影が透かしで入った硬い紙に夜会への招待を綴った簡素な文面を目で追った。

印字された文字以外はなにもなく、そっけない感触は否めない。

顔を上げたマリーネは、ソファの横に立って返事を待っているラナに伝える。

「出席します。そろそろ起き上がれることを皆様にお知らせしないといけないものね。イリス殿下の侍従へ伝えてちょうだい」

侍従への伝言は正式な流れだろうが、表向きにはすでに婚約状態のマリーネとイリスの間に交わされるには、かなり淡々としたやり取りになっている。

――お父様たちにも大丈夫だとお知らせした方がいいわね。手紙を書けば私が起き上がっていることも分かるし、夜会に出席することをお伝えすれば安心されるわ。白の怪鳥がクランベル王宮の家族にマリーネの様子を適時知らせているから、あとは、今後のことも含めて手紙を書くことにする。

――皇帝城の公の場所に出るのはこれで最後にしよう。

イリスには、近いうちに召喚契約の解除をすると伝え、皇帝城を出ると言おう。

招待状を受け取ってから三日後の夕方、マリーネは夜会のための準備をしていた。

最後だと考えたので、少し大人っぽいドレスを選んだ。

彼女の瞳と同じサファイヤブルーを主体として、白い小さな花々が刺繍されている。その上に半透明の白い薄絹で後ろ側だけにフリルとギャザーで寄せた裾が付いたものだ。

スカートの前側はすとんと床まで落ちていても、腰の後ろ側は裾に向かって膨らんでいる。

派手さは抑えられているとしても、デザイン性に富んだものだ。

身頃も同じ色合いで白い小花の刺繍、そして見事な白いレースで肌を隠している。

夜の集まりなのに、背中がしっかり覆われたドレスなのは、傷痕を見せないためだ。

「ご用意が整いましてございます」

ラナの声で目の前の姿見に映った自分を眺める。

――少しは大人っぽい？　小さくて可愛いばかりではないって思われるといいな。

「では、行ってきます」

「行ってらっしゃいませ」

ドレスを着付けてくれたラナと数人の侍女たちに見送られ、マリーネは夜会が開かれる大広間へ向かった。

夜会は盛況だった。

救国の女神の回復を祝った皇子イリスの主催だ。

威信を示すためにも派手で気持ちの良いものにしなければならないから、細部にわたって気配りがされている。

一段高い室内バルコニーに姿を現したマリーネを、下にいる数多くの帝国の貴族たちが拍手喝采で迎える。

緋色の絨毯が敷かれた階段を降りてゆけば、彼女をイリスが下で迎える。

——笑わないイリス。こういうときでも微笑一つないのね。

笑みどころか、彼女には一際難しい顔を向けている気がしてならない。

——これが皇帝城のイリス。冷静沈着で笑わない皇子。

元に戻った彼の中でなにかが変わったとしても、それを責める気はない。これがイリスなのだと思うしかなかった。

彼と一緒に高位の貴族たちから挨拶を受ける。救国の女神とやらの役割はかなり難しいが、何とか踏ん張って笑顔を振り撒いた。それこそ、彼の代わりのようにして。

皇帝夫妻も出席している。

艶(あで)やかに装ったイリスの母親は、マリーネに笑い掛けてきた。無理のない美しい笑みだ。無理やり笑うマリーネとは、やはり貴婦人としての完成度が数段違う。

皇妃はまず、このところの最大の事件を口にした。

「エリックの正体には驚いてしまったわ」

「私も驚きました」

「傷を負って背中に痕が残ったそうね。今夜のドレスは誰が選んだの？」

ざわざわとさざ波のように揺れた周囲の者たちは、目くばせをし合って口を噤む。

クランベル王宮でもそうだったが、皇帝城の中で秘密を保持するのは難しい。

彼女の背中の傷痕のことは、皇帝城内に知れ渡っているのは間違いない。

隣に立つイリスは、強い視線を放つオッドアイをちらりと彼女に向けてきたが、無表情でなにも言わないからその心情は少しも推し量れない。

マリーネは、皇妃と同じように笑みを浮かべて答える。

「ドレスは自分で選びました。華やかな場ですから、考慮したつもりです」

なにを言われてもいいように身構えていたら、皇妃は真正面からマリーネを眺め、周囲に人の輪がある中でよく通る声で言った。

「あなたの背にどれほどの傷痕があろうと、帝国は微塵も揺らぎません。それより、皇妃でありながら魔人を城内に入れたあげく宰相に推挙した者の方がはるかに問題です」

「皇妃様……っ」

低く呻いてしまった。皇妃は自らの失態を認め、それに比べれば傷痕の一つや二つ大したことはないと言ったも同然だった。

皇妃はさらに続ける。

「帝国の冬は厳しい寒さだというのに、夜の催しだからといって、背中の開いたドレスを着用するのは前々からどうかと思っていたの。ほら、今宵は私も背中を寒さから守ってくれるドレスにしてみたのよ。どうかしら」

ふいっと身体を回して背中側を見せてくれる。前から見てもまばゆいばかりの派手なドレスは、背中もしっかり金糸銀糸で織られた布が覆っていた。

「……」

これがマリーネに対する気遣いでなくてなんだろう。いまにも涙が出そうになったマリーネは目を瞬いてどうにか堪える。

手厳しい皇妃は、自分に対しても厳しく、そして傷を負った者には優しかった。

――イリスのお母様は、やはりイリスの母上様なのね。

ふっと故国の母を思い出した。

隣に立っているイリスを見上げれば、やはり無表情でなにを考えているのか分からない。

けれどイリスは彼女を見ていたから目が合った。

――揺らいでいる感じがするわ。なにか悩みがあるのかしら。

悩みというなら、いきなり彼の両肩に圧し掛かってきた帝国の立て直しという重荷がある。

そのうえで、マリーネをどうするのか迷っている気がした。

マリーネは皇妃へと視線を戻すと、微笑しながら感嘆の声を上げる。

「皇妃様、お美しい後ろ姿です」

「まぁ、女性に言われてもね」

ちらりと皇帝を見やった皇妃の視線は、この状況を楽しんでいるのか、とても柔らかだ。

皇帝は慌てて大仰に頷く。

「もちろん美しい。改めて言う必要などないくらいにな」

皇帝の返事に満足した表情を浮かべた皇妃は、マリーネに笑い掛ける。

「これはきっと帝国の流行になるわね。布屋が喜ぶわ。ただね、夏になったら、暑いから背中は出そうと思うの。あなたも傷痕などどうでもいいから、出すといいわ。隠しているとね、とんでもない噂だけが先走ってしまうものよ」

それについては、ラナも言っていた。

『魔人に付けられた傷ですから、目を背けるようなひどい状態になっているとか、なにか生えているとか、言われ放題です。いっそ見られるドレスの方が良くはないですか』

結局、皇妃は彼女の心情を見抜いている。

「夏には……。はい。心しておきます」

それだけを答えた。

皇帝城を出ようと考えているマリーネには精一杯の返事だったが、皇妃は華やかな微笑を浮かべただけで、それ以上は口を噤んだ。

そして隣にいる皇帝の腕に自分の手を掛けて促す。

「さ、もう参りましょう」

「まだ宵の内だぞ」

「あとは若い方々にお任せすればよろしいではありませんか。私たちは、今後どういうふうに引退するのか、相談する必要がありますわ」

「引退か。……確かにそれもいいかもしれん。クランベル王が、魔人の資料や物語風の書物をたくさん届けてくれるそうだ。それを読み耽りたい」

皇帝はイリスと、その横に立つマリーネへ、穏やかな視線を向ける。

「では、退出するとしよう。イリス、あとは好きにせよ」

皇帝夫婦は腕を組んで大広間を出て行った。その他の者たちと同じように、イリスもマリーネも、深く礼をして二人を見送る。世代交代は目の前だ。

夜会は華やかに進む。

皇妃がマリーネを認めたので、彼女の周りにも人だかりができた。

次期皇帝のイリスは、他国から招かれた賓客たちを始め、多くの人々に取り巻かれている。新たに任命された大臣や官吏も、彼の周囲にいる。

それでもイリスは笑わない。微笑さえしない。

マリーネに近寄ってきたイリスが、曲げた肘を動かして見せた。腕を組めということだ。

「招待客に、お前を紹介する」

「はい」

そのあとマリーネは、イリスと共に夜会の招待客をもてなすことに追われた。

夜会が終われば、適度な時間に二人は退室する。

イリスはマリーネを貴賓室まで送り届けるために、二人で廊下を無言で歩く。

——なにを話せばいいのか分からなくなってしまった。

すっと横を見上げると、イリスは唇を固く引き結んで機嫌も悪そうだ。

なにかを深く悩んでいるようでもあったが、いまのイリスには気軽に話し掛けられない。

この感覚は、夜会の大広間でたまにイリスと目が合うと感じていたのと同じだ。

——私を見るときのまなざしが揺れているみたいなのよね。ねぇイリス。なにをそれほど迷うのか、聞いてはいけない？

彼女の処遇をどうするか迷っているなどと言われたら、きっと立ち直れないだろうが。

黙ったまま歩いて、彼女が寝泊まりする貴賓室に着く。

通常なら、送り届けたとしてマリーネは扉から室内に入り、イリスは自分の寝室へ移動していくのに、今夜は違った。

彼はマリーネと一緒にするりと室内に入った。

イリスの後ろに付いていた衛兵は、すでに指示を出されていたようで、マリーネの護衛と一緒に扉の両側に立った。

侍従は深くお辞儀をして大扉を閉める。

扉が、ぱたんとわずかな音を立てて確実に閉まると、マリーネは振り返った。

「どうしたの？　夜会は終わったのに。自分の寝室へ行かないの？」

「こんな時間にすまない。どうしても話さなくてはならないことがある。避けられるなら避けたいと思っても、これ以上先へは延ばせない。夜中になってしまうが話をする時間をくれないか」

マリーネにも伝えたいことがあるから、これは好都合だ。

「どうぞ」

彼をソファに誘導する。ラナが来てワインと軽食を用意した。

「着替えてきてくれ。私はこのままで待っているから。長丁場になるかもしれない」

よほど難しい話なのだと察すると、鼓動が跳ねた。

彼女の伝えたいことも簡単なものではなかったので、マリーネはドレスを脱ぐために衣装室へ行き、ナイトドレスにガウンというういで立ちになって部屋へ戻ってきた。

イリスが座る椅子と向き合って設置されたソファに腰を掛ける。

彼はワインを片手に持ち、焼き菓子を摘まんでいた。

クランベル王宮ですでにその傾向が出ていたように、イリスはどうやら菓子類が好きらしい。

――皇帝城へ来てからクッキーを焼いていない。

もうすぐ城を出るから、一度くらいはすべてを取り戻したイリスに食してもらいたい。

彼女が作ったものに対して、いまの彼はどういう感想を持つのだろう。もしかしたら、王女が厨房に入るのは賛成できない、などと言うかもしれない。

——状況が変わったものね。早く契約を解除して去って行こう。修道院へ行くのよ。

もはやそれしかないというようにして、マリーネもまた思いつめていた。

二人だけだ。ラナは、呼ばない限り朝まで来ないだろう。話すならいまだ。

ワイングラスがソファの前のローテーブルに置かれる。

ことりと音がしたのを合図に、マリーネはイリスを見つめて口を開いた。

「私もイリスにお話があります」

「先に言ってくれ。私の方は、少し長いし、幾つもある」

伝えたいことを絞れば、彼女の方は簡単だ。だから先に言葉にした。

「皇帝城を出ます。目的は達しました。父の親書の内容で進めていただくよう皇帝陛下に進言してくださる約束です。いま、実際の政務はイリスが担っているのでしょう？　帝国の進軍はなくなり不可侵の条約が結ばれると信じています」

一気に口にした。

「それが私から出した条件でした。イリスの都合の良いときに召喚契約を解除します」

イリスの両眼が見開かれてゆく。

マリーネはオッドアイに見惚れながらも、先を続ける。

「あの、これは私の勘違いかもしれませんけど、あなたは私の魔法力が曲がる理由を知っているのでしょう？　魔人エリックがなにか言い掛けていました。知っているなら教えてください」

曲がる件については、わずかに俯いて声が小さくなった。魔人などに惑わされるなと言われたら返す言葉がない。

それでも知りたい。長い間彼女を苦しめてきたことなのだから。

「……」

黙ってしまったイリスを見るために、マリーネはそぅっと顔をあげる。

すると、厳しい表情になっているうえに、強烈になにかを主張している青と金の瞳に対峙することになった。

――怖い……。え？　彼を怖いなんて思ったことはなかったのに。だってイリスはいつも笑っていたもの。……だけど、皇帝城の皇子イリスは私の知っている彼とは違う。

笑ってくれたら――そう思うだけで、目じりに雫が浮かんでしまうが、マリーネはそれを押さえ込んだ。

凝視している彼女の視界の中で、対面に設えられていたソファから立ち上がったイリスは音もなく言葉もなく、そして微笑もなく、素早く動いて彼女の隣に座った。

彼女はオフホワイトの五分袖のナイトドレスとその上に厚手でくるぶしまでのガウンを羽織っている。足元を温める室内履きはふかふかの毛で作られていた。

イリスは、夜会服のままだ。派手で豪華で織りが素晴らしい。

最近は近衛中隊長の衣服姿も素敵だと眺めていたのが、いまはやはり皇子としての装いが一番似合うと思っている。

短くなった黒髪もまた、端麗な顔を際立たせ、彼の額をさらりと流れている。

すぐ隣に腰を掛けたイリスから目を離せない。オッドアイがなにかを告げていた。

言の葉より先にまなざしが語るというのはこういうことなのかとふと思う。

イリスの手が伸ばされてくる。マリーネは動けない。

その手が顎を掴んで上向かせ、そして乱暴なほどの勢いで口付けが降ってきた。

「ふ……っ、……あ、……」

ずいぶん長く彼と触れ合っていない。

キスは陰でしていたはずが、皇帝城に入ってからは、抱きしめてもらうことさえなかった。

寂しかった。とても寂しかった。

思わず縋(すが)り付いてしまう。両手が彼の上着の上腕をそれぞれ必死で掴んだ。

ソファの座面に倒されると、幅のある肘掛けに頭が乗る。

もうそれだけで、頭の中も身体も沸騰しそうになっていた。

イリスは彼女のガウンをはぎ取り、ナイトドレスを引っ張って首回りから上半身を出させた。

無言ですべてを動かされてゆくのが怖い上に、何とも迫力があって気圧される。

マリーネは、巨大で獰猛(どうもう)な獣を前にしたちっぽけな人のように動けなくなっていた。

「イリス……イリス……、怖いわ、お願い、なにか言って」

胸のふくらみを手で揉みしだきながら、彼女の首元に激しく吸い付いたイリスを見ていることもできずに、目を閉じて夢中で止めようとした。

両手を下から彼の肩に当てていても、押しのけるほどの力は出ない。

激情にかられたようなイリスはふいっと顔を上げると、彼女の耳元に息を吹き掛けながらとぎれとぎれに言う。

「お前が私から離れたいと言うなら、手はずを整えるつもりだった。私はそれだけのことをお前にしたのだからな」

――それだけのこと？　背中の痕のこと？　皇帝城へ来るように仕向けたこと？

どれもこれも、マリーネが自分で選んだ結果だ。

言わなければならないと思って、どうにか薄目を開けると言葉を紡ぐ。

「私が自分で、選んだことだから……、あっ」

言葉は途中までしか言えなかった。

足先まであったナイトドレスの裾がいつの間にかたくし上げられている。

覆いかぶさっているイリスの手が、力が抜けて動けないマリーネの両脚の間に差し込まれて、女陰に指を立てたのだ。

「いやっ、いや、こんな乱暴なのは……あ、あぁ……」

指は巧みに動いて彼女を刺激してゆく。

すでにイリスによって拓いていた肉体だ。奥の方から自然に蜜が湧き出ていた。

ぬるりと滑る感触がして、彼の指の一本が隘路に深く潜れば、あとは何本入れられても受け入れてしまう。

「いや……？　嘘をつくな。濡れてきた。これほどお前は私のものなのに――」

「イリス……っ、どうしてこんなふうに……っ、離れたいと言うなら……放す、じゃないの？」

「私の中身は、そんな物分かりのいい奴じゃなかった」

中身。それはきっとマリーネが召喚で呼んだイリスの半身のことだ。

核だと言っていた彼の半分。

――イリスの中で、いまだに統一されていないの？

それとも、外側を作って守ってきた本体は、十年も別なものとして内部に抱えていたから融合に時間が掛かるのだろうか。

「離すなと、叫んでいる」

彼は呻くようにして言ってきた。

「そんな……一つになったのでしょう？　時間が、掛かるの……？　あんっ」

「元々、表面と中身は区別していたんだ。……だから、お前に呼ばれて、魔人の手の内から逃れることもできた。いますぐに、すべてを一つにするのは無理だな。お前の気持ちに沿って手放そうと考えたが、私の本質が嫌だと言う。だからもう……やめだ」

「そ、んな……、あぁ」

魔人に人形化されて、皇帝城で暮らす間に被った仮面は、マリーネの笑みとは比べ物にならないほど硬く、簡単には外れないものだったようだ。

女陰を大きく割りながら蠢くイリスの指は、次から次へと快感を引き寄せて来る。

「さぁ、狂ってしまうがいい。私から離れられないと自覚するまで……抱いてやる」

無口ではなかったのか？　責めるようにして繰り出される言葉にも煽られる。

――あ、だめ……流されてしまう。

肉体の欲求が膨らみ始めると、頬が紅潮して躰全体が熱くなってくる。

彼女の躰は、内壁の好い場所を突かれ擦られると、尽きない愉悦でどんどん昇ることを、とうに覚えていた。乱暴な動きにさえ、喜んで応えてゆく。

指で奥を弄られ、乳房を口で含まれて舌で転がされる。乳房は多少きつい愛撫でも感性を高めるばかりだ。

隘路が濡れそぼってくれば、溢れた蜜で陰核もつるつると滑りやすくなって彼の指を味わう。

膨らんでくるというそこは、指で摘まれていやらしく蠢かされた。

「あー……っ、あん、あ、そこ、……いや、きつ……っ」

「好いだろう？　本当はここを、ひどく甚振られるのが好きなんじゃないか？」

「ひぁ……っく」

爪を立てられた感じで淫猥(いんわい)な豆が弄られると、上にイリスが乗っているのに腰が浮いた。

彼はすっと上半身を下げて、指ではなく今度は唇で陰唇から花芽を刺激し始める。

舐められるのもいい。歯で甘噛みされるのも堪(たま)らない。

イリスの両手の指は、肉割れを押し広げてたくさんの蜜を零れさせていた。

冷たい空気が濡れたそこを撫でるから、どれほど開いているかが感じられる。

羞恥さえもが、彼女を喘がせる糧となった。

指が雄の役割をして深くまで潜ったり、浅瀬を泳いだりしながら、陰核を唇で嬲られていると腰が浮いて身悶える。

ソファの上だというのに、この醜態をどうしてくれよう。

「あ、あぁあ……ア——……っ」

脚はたっぷり広げられて、一方は曲げられた膝を背もたれに押し付けられ、一方は座面から下に落ちていた。そういう状態で、びくんびくんとのけ反ってマリーネは果てる。

短時間だったと思う。一気に押し上げられて、全力疾走をした気分だ。

激しい息遣いを繰り返す彼女の片足が持ち上げられ、背もたれに押し付けられていた膝裏に彼の腕が入っていた。

ズボンを脱ぐ間もなく、乱れた上着もそのままで、イリスは繋がってきた。

快感で果てた直後に休みを入れることもない。

指よりももっと太く硬いもので押し広げられ、隘路はミシミシと音を立てそうだ。

彼女の様子にはお構いなくいきなり突いてくる怒張の動きにも、躰はなんなく同調した。

深く入り、浅い所まで出る。

そしてまた肉壁を押し広げて奥を目指す雄は容赦がなかった。

「い、リス……っ、あああ、あ、あん……——っ」

声が掠れてくる。最奥にあるのは子宮口だろうが、そこまで入って突いてくる動きに、もうたまらないとばかりに意識が持って行かれた。

もうすぐ達く――というところでいきなり動きが止まる。

「あん、あ、……どうして……」

薄目を開けて見上げれば、表情もなく冷静な様子で皇帝城のイリスが彼女を見ていた。

「い、やっ、いやぁ――、見ないで……ぇ」

両手をあげて涙が溢れだした顔を隠し、できる限り横を向く。

ソファで交わっているのをはっきり意識した。明かりはまだ煌々(こうこう)と灯されている。

ナイトドレスは、いまだに腹の上あたりでくたくたと折り重なっているというのに。

イリスも夜会服のままで、ただ乱れている。

「私に、狂え。縋り付け」

いっそ苦しげな声に引かれて、マリーネは両腕をあげると彼の肩から首に回し、必死になって縋り付いた。

身長差はこういうときにも出る。

首辺りに彼女の頭上が来るから彼の顔はもう見られない。

「マリーネ……、愛しい……可愛い、放したくない……」

硬く漲った雄がググっと挿入されて、歓喜で彼女の腰が蠢いた。

男根が内壁のしこりを突いてくる。しかもイリスの手は陰核を嬲り、悪戯していた。

彼に縋り付くマリーネは首をのけ反らせて、再び上り詰めてゆく。

「——……っ、ひ、っくぅ……」

もはやまともに声も出せない。

内部の悦楽で達するのは、深すぎる快感と、達しても終わらない愉悦で、頭の中まで熱せられてしまう。意識までが朦朧とするのだ。

身体中で震えながら快楽を味わう。

狂うと言うなら、まさにこの状態を言うのかもしれない。しかもこれを続けられたらどうなるか、自分でも分からないのだった。

内壁を叩くのはイリスの劣情だ。

それも余韻としてとても好いが、これで終わりではなかった。

躰のひくつきが収まらないのに、身に纏っているナイトドレスはすべて取り除かれる。

マリーネの意識がぼぅっと不確かになっている間に、彼も上着を取り、下のドレスシャツもボタンを引き千切って床へ放っていた。ズボンさえ脱いでしまう。

二人ともなにも身に付けない状態で、ベッドまで運ばれる。

易々(やすやす)と動かされてしまう理由が小さいからだとすれば、これは自分の利点かもしれないと思ってしまった。

ベッドまで行く数歩の間で、イリスは窓のところを振り返った。

「ミルティの白の怪鳥が来ているぞ。これはいい。お前がどれほど回復したか見せてやろう」

ざぁ……と、真っ赤に染まった顔がすぐに青くなる。

「い、いやっ、……だめっ……」

「気にするな」

――気にするに決まっています！

硬直している間にベッドに下ろされ、再び圧し掛かってきたイリスの愛撫に翻弄され始める。

――カーテン、窓にカーテン。

カーテンは閉めていなかった。

雪の降る情景が好きで、眠る直前まで見ていたかったからだ。

しかし、たとえ閉めていても、白の怪鳥は魔法的な障壁がなければ入って来られる。

怪鳥がいるかどうか、確かめることはできなかった。

怪鳥は音も聞こえるから声を抑えなくては、などと考えられたのはほんのわずかな間でしかなく、イリスの執拗な愛撫で、すぐになにも分からなくなる。

覚えているのは、背中へのたくさんのキスだ。

口付けられ吸い上げられて、きっと山ほどの赤い痕が付いた。

そのときばかりは彼の声もかろうじて耳に入る。

「すまない、守り切れなくて……」

イリスのせいではないと言おうとして声が出なかった。責任など感じないでほしいのに。

ただ激しく首を横にふって忙しなく息をするだけだ。

彼はマリーネの背中を隈なく撫でる。

「この傷痕は私のものだ。……見ろ、傷痕を茎にして、花が咲いているようだ。いつもこうしよう。お前の背中は私のものなのだから」

背中だけですか？　と尋ねたい気になったが、もしもそれを口にしてもいまのイリスは笑ってくれない気がした。

そのあとはもはや灼熱の快感に埋められてゆく。

あまり考えたくないが、陰核を弄られ過ぎて、そこから何か水のようなものが出た気がするが、自分の意識では追い切れなかった。

ひたすら愛されて、快感で啼いて、喉が痛くなるほど嬌声を上げた。

明け方ようやく身体を放された気がするが、その時点でほとんど眠っていたと思う。

イリスはマリーネの躰を放さず、彼女は乱暴に動き回る足の間の長大な陽根を、いつまでも感じていた。

目を覚ましたのは、朝というより昼近くだった。

マリーネがゆっくり重い瞼を持ち上げると、ベッドに仰向けで寝ている自分と、ベッド横に椅子を持ってきて座っているイリスという状態だった。

夜会服ということは、着替えるために部屋の外へは出ていないのかと驚く。マリーネが起きるのをずっと待っていたのだ。

いまの彼に言葉を掛けるのは勇気が要る。

ん……っと腹に力を入れて起き上がろうとしたのに下半身に力が入らず、軽く浮き上がった頭部はぽすんとまた枕に落ちた。

はっとして自分の胸元を見れば、ナイトドレスを身に着けていたのでほっとする。

イリスは、彼女が動いたのを確かめてから声を掛けてきた。

「具合はどうだ」

「だるさはありますが痛いところなどはありません。あの、イリス」

「なんだ」

言い切れなかったことを伝えなくてはいけない。

「私が帝国へ来たのは、一緒に戦いたいと願ったからです。挙句に傷を負ったのも、すべて自分が選んだ結果です。結果として、イリスのお手伝いができて故国の危機も回避できたのですから、それで十分満足なのです」

ここで笑顔になったのは作為的ではない。本心で語っているから笑みが自然に生まれた。

できるなら、彼にも笑みで返してほしいが、いまとなっては高望みだ。

「私が払った代償など、問題にならないほど大きな成果です。イリスが何らかの責任を感じる必要はありません」

そこで黙って彼の顔を見つめた。

しかしイリスは眉を寄せひどくつらそうな顔をしていた。

「今度は私が話す番だな……。お前を守り切れなかったことや背中に傷痕を残したことは、お前が糾弾しなくても、自分を許すつもりはないし、ずっと背負ってゆく。それは決めているが、一度は謝罪したい。私の事情に巻き込んだあげく傷まで負わせて、本当にすまなかった」

その点での気持ちの決着はついているようだ。

この先は彼自身の心の問題かもしれない。

「本当に話すべきはもっと別のことだ。……マリーネ。お前の魔法力が曲がる原因は私にある。記憶が欠けていたから分からなかった。あの牢獄で、寝込んでいた半身を吸い込んで、記憶も身体も完全に復調したあのときに分かった」

北方の牢獄で、記憶を取り戻したイリスは彼女を見たときに顔を顰めて眉を寄せた。

それは、彼女の曲がってしまう魔法力の原因が彼にあるのが分かったからだというのか？

驚愕したマリーネはイリスを見つめ続ける。頭の中は真っ白だ。

そんな彼女に、苦悩の深さを現わすように眉をぎゅっと寄せて、瞬きもせずにイリスは話し始める。

「私は、十四歳のときにエリックの魔の手を逃れようと皇帝城から逃走した」

十年前のことになる。マリーネは七歳だった。

そのころのイリスは、軽い板をボートの形に変形し、固形化で硬くしたあと、その上に乗って空を翔けられるまでになっていた。

危機が迫っているのを感知した少年のイリスは、まずは逃げた。

彼は、南下してクランベル王国へ辿り着く。王家所有の離宮で墜落してしまったのは、魔法力の使い過ぎで腹が減ってしまったからだ。

彼はそこで、ちょうど外へ出ていた七歳のマリーネに出逢った。

「七歳の私……」

覚えていなくても不思議のない年齢かもしれない。

それでも欠片も思い出せないのは奇妙だった。離宮へ行ったことさえ覚えていない。

「まだ少年だった私は、そこでお前が初めて焼いたというクッキーをもらって食べた」

「えっ？」

思わず声が出た。

初めて焼いたクッキーは、火の加減がうまくいかなくて焦げた。それだけはかろうじて記憶にある。

「焦げていたんじゃ……」

「腹が空いていたせいもあって非常に美味かった。全部食べた。活力も戻ったから、再度飛翔してもっと遠くへ逃れようとした。そのとき、追いついたエリックの影がお前に触れたんだ」

「……」

彼女は十年も前に魔人と接触していたのかと、頭の中がぐらぐらするほど驚いた。

「エリックは私を追っている最中だったから、あとで私との遭遇を確かめるために、お前に印をつけた。私はエリックの影が遠ざかってからお前のところへ戻って、印をはぎ取った」

「印があると、危険だから？」

やっとのことで訊いた。

「そうだ。その印は、人形化魔法を仕掛ける相手につける。魔人の影を見たお前は、必ずあとで人形化の処理をされただろう。印さえなければ見失うが、影を見た記憶が残るのも危なかった。だから、私はお前の記憶に蓋をしたんだ」

帝国から魔人の資料を百年かけて消していったエリックだ。

影を見た記憶だけでも、ターゲットにされてしまったのは間違いない。

「そのときの私ができる最大の防御だった。けれど、深層心理に埋め込まれたその蓋が影響して、お前の魔法力は発動するとき曲がるようになってしまったんだ。お前を長く苦しめてきた原因は、私にある」

少年のイリスは幼いマリーネを守ろうとしただけだ。

その点はとても明快に伝わった。しかし、すぐには返事ができない。

曲がってしまう魔法力は、彼女が〈あまりもの姫〉と嘲られる一因でもあったからだ。

どうにか治せないかとたくさん頭を悩ませて、長く苦しんできた。

「記憶の蓋を取れば、もう魔法力は曲がらない。すぐにやる。いいか？」

「……うん」

何と幼い返事だろうか。それほど彼女の精神は麻痺して動かなくなっていた。

イリスは腕を伸ばしてマリーネの額に手の平を当てる。

目を細めた彼が、小さな声で魔法力を動かす詠唱を始めると、マリーネの額を中心にして白く光る魔法陣が浮き上がった。

青みがかっているところにイリス特有の力を感じた。姉たちはみな、白い魔法陣なのだ。

マリーネは、眩しくて目を閉じた。イリスは詠唱の最後のところを口にする。

《かつてイリス・デュエル・フィッツが仕掛けた記憶封じの魔法陣を解除する。彼女の中に沈んでいた十年前の記憶を呼び戻せ》

記憶も思考も一瞬かき回されたようになった。ぐらりと身体が傾いたのをイリスが支えてゆっくり寝かせてくれる。

急激に襲ってきた眩暈が収まると、マリーネはベッドで仰向けに横になっていた。

そっと瞼を持ち上げる。心配そうに彼女を覗き込んいるイリスの顔が見えた。

彼は、必死さが溢れ出るようなまなざしで彼女を見つめている。

頭痛がするので、マリーネは指で額を押さえながら、どうにか上半身を起き上がらせた。

「どうだ？　記憶は戻ったか？」

「……たぶん。十年前のこと、少しずつ思い出してくる。そうね。イリスが話した通りみたい。あのとき……、名前を言おうとしたらイリスが止めたのよね。私もあなたも、お互いに名前もどこの国の者かも知らないままになったんだわ」

――イリスの中に記憶があれば、私の名前がエリックに分かってしまったのね。

イリスはほっとして溜息を吐く。

彼は半身を起き上がらせているマリーネに深く頭を下げる。

短くなってしまった頭髪が揺れていた。

「本当にすまなかった。お前が十年も苦しんだその原因は私にあった」

蘇ってくる記憶を整理するのに精いっぱいになっているマリーネは、さらさらと流れる黒髪を見開いた眼で眺めるばかりだ。

顔をあげたイリスはマリーネをじっと見て付け加える。

「魔法力は恐らくもう大丈夫だ。ただ、曲がっていたときの癖がついているから、訓練をしなければならないな」

こくんっと頷いたマリーネは、ひどく混乱していた。

――曲がる魔法力。それがあったからイリスは半身だけでもエリックの呪縛から逃れられたのよ。彼が私に召喚されたのは、彼の記憶の蓋が私の中にあったからかしら。でも、そんな単純な魔法ではないと思うけど。

そうして、すべてがいまに繋がった。

終わり良ければすべてよし……なのか？

それでは彼女の十年に渡る苦しみはどこへ行くのだろう。

なかったことにできるのだろうか。

なにを返せばいいのか分からず、言葉もなく黙っていると、イリスはそれが彼女の答えだと理解したようだ。

すっと立って踵を返すと、後ろ背にマリーネに言う。

「いまのお前は私の婚約者だ。離すつもりはないが、この先に望むことがあるなら、それが叶えられるよう最大限のことをする」

マリーネの口から、ずっと考えていたことが零れ出る。

「……修道院へ行こうと考えています」

イリスは素晴らしい勢いで振り返った。

彼のまなじりがきりりと上がり、寄せられた眉や引き結ばれた口元なども相まって、痛いほどの空気の圧力が彼女に向かってくる。

マリーネは思わず背を後ろに引きながら、取り留めもなく話してゆく。

「クッキーを作っていたのは、修道院のバザーに出したいと思ったからです。これはお姉さまたちにも話したことはありません。結婚相手は見つからないと考えていましたから」

――なにを言っているんだろう。なにを言いたいのかしら。

本当に大した意図もなく話していた。

「王家の血を分散させないために、他国へ嫁ぐこと自体が珍しいでしょう？　自国内でも、相応の家柄を要求されますし、お姉さまたちが夫を決められたら、目ぼしい家も残っていないだろうから、修道院へ行こうってずっと考えていて。えっと……私、なにを言いたいのかしら」

困ってしまってイリスを見上げると、彼もまた困惑も顕わな顔をしていた。

そこで唐突に思う。

——そうだ。笑ってほしいんだ。

召喚したときの半身のイリスに戻ってほしいわけではない。それでもイリスがいまの彼のままなら、生涯を共にするのは難しい。

彼女は自分に自信がない。皇妃になれるだけの力など到底ない——が、笑い合って過ごせるなら、その幸福を掴んでいるためにきっと頑張れる。

じっと見ているとイリスは目線を外して体の向きを変えた。

「お前は決めたことを実行できる『人』としての力を持っている。私はそれを手助けできるから、どうしてもという望みがあるなら言ってきてくれ。ただし！」

後ろをちらりと見たイリスは、断固とした口調で言い置く。

「修道院はなしだ。私が補助できるのは、お前が幸福になると『私が』認める道だけだな」

「……私が幸福になる道には、笑ってくれるイリスが必要です」

ずっと考えていたことが無防備な意識の上から顔を出し、彼に向ってつるりと放たれてしまった。

イリスはぎょっとしたようにして背を引く。

「十四のときから笑った覚えはない。顔が固まってしまった感じがする。いくら核たる本質が笑えと言っても、できない。だから……練習している。もう少し待ってくれ」

「練習？　微笑む練習？」

声が裏返ってしまった。

「お前はそうしたのだろう？　いい案だと思う」

そこで彼はほんの少し微笑した。

――ひ、引き攣っているわ、イリス。笑うのに慣れていないって、こういうこと……？

すぐさま怒った顔になった彼は、呆然として口を開けてしまったマリーネに背を向けて、そそくさと部屋から退出した。

ベッドの上に座り込んだマリーネは、明かされた衝撃の事実を前にどう対処すればいいかまったく分からなくなっていた。

最後に見た彼の微笑に心が揺さぶられている。

かといって、魔法力が曲がってしまうと苦しんだ十年が手の中で揺れるのも止められない。

イリスは、自分を守るために皇帝城で長い間纏っていた殻を彼女のために破ろうとしていた。

――練習しているって……。

考えている間に顔が上気してきた。

彼はイリスだった。己を取り戻した本当のイリスなのだ。

曲がる魔法力があったからこそ、いまがある。

――なかったことにする必要はない。それがなければ、『いま』に到達できなかったんだもの。

苦しんだからこそ独り立ちしようと思ったし、帝国へ来る決心にも繋がった。

マリーネは元々、こうと思うのも早いなら、動き始めるのも早いと言われている。それなのに、長い間考えながら、結局、いまだに修道院へ行っていない。

これではどうしたって気が付く。

——ばかね、私。修道院はただの逃げ道だった。いま、この時この場所は、到達点ではないわ。まだ足掻ける。だってイリスは、練習しているって言ってくれたんだもの。

マリーネは、目を閉じて考え始める。

足掻くためには、なにをすればいいのだろう。

彼は笑う練習をしながら、マリーネの答えを待つつもりだ。

それなら、彼女はなにをもって応えようか。

翌々日。

皇帝陛下のサロンでお茶会があり、マリーネはそちらへ呼ばれていた。

昨夜から動いて何とか形になったものを持ってサロンへ向かう。

現皇帝が主催のお茶会は今回が最後という通達が来ていたので、大勢の貴族たちが集まって、それぞれ会話を楽しんでいた。

「マリーネ様が遅れていらっしゃるなんて、どうかなさいましたか？」

彼女がその場に入ると、近寄って声を掛けてくれる者と無視する者との二つに分かれる。

皇帝城の社交界では、これから先のことを考えて身を処していかなければ、直ちに暗雲に覆われるので、笑いながらでも誰もが必死だ。

「おや、それは何ですかな。カゴ？　中身は、……菓子ですか」

小さめの手の付いた籐のカゴに可愛いハンカチーフを敷いて、その上にいくつも重ねてあるのはクッキーだ。

マリーネが現れたのに気が付いたイリスが近寄ってきた。

彼は驚いたようにして言う。

「クッキーか。……マリーネが焼いたのか？」

「はい」

周りにいる貴族たちやその奥方、それに令嬢といった面々が驚いた顔をした。

ざわざわとした小さな声が聞こえてくる。

「お聞きになりました？　焼いたそうですよ、ご自分で！」

「まさか。厨房へ入らなければできませんよ。一国の王女が厨房などに入るわけが……」

貴族社会ではありえないことだ。クランベル王国でも、ずいぶん陰で蔑まれた。

――もしも、イリスが顔を顰めたら……、『こんなもの食えるか』と言ったら……。イリスならあり得ないと思うけど、それでも皇子殿下だもの。そのときは、どうしようかな。

そのときは、また別の手段を考える。

足掻くだけ足掻いて、そしていつか、彼女が召喚したイリスの本体を表層へ引き出してみせよう。『すべてよし』と言える未来のために。

「厨房に入ったのか。よく料理長が許したな」

「頼み込みました」

籠を両手で抱えて持ち上げる。手が震えていたかもしれない。

とにかくマリーネはイリスがどうするか、それだけに集中していた。

イリスは微笑んだ。そして手を伸ばしてクッキーを摘まむと、すぐに口へ持ってゆく。

周囲は彼の微笑みにも驚いたし、その場で食べようとするのを驚嘆して眺めていた。

皇帝と皇妃も腕を組んで並んで立つと、息子の動きを見つめている。

大臣クラスの貴族が『毒見を――』と言ったが、イリスはちらりとも視線を向けなかった。

「美味い。マリーネ、腕を上げたんじゃないか」

「こちらへ来てから焼いていないので、上手くできるか心配でした。料理長に材料を分けてもらったんです。厨房の一部を開けてもらって、昨日から仕込んで……」

夢中で話す。するとイリスは二つ目を口に入れる。

「マリーネに提案がある」

「……なんでしょうか」

「私が皇帝位に就いたら、皇妃の私室に厨房を作るから、そのときはプディングを頼む」

先の話は約束に繋がる。マリーネは即答した。

「はい。他のお菓子も練習しますね。どうぞ食してみてください」

「もちろんだ。お前が作る菓子は、すべて私が最初に食べる。この先も、ずっと」

イリスは彼女が好きでたまらなかった綺麗な笑顔になった。

――練習した成果が出ている？　いいえ、作っている感じもしないし。クランベルにいたころの彼みたいだけど、少し違うかしら。どちらにしても、すごく素敵。

時が過ぎて落ち着いてくれれば、自らが作り上げた皇子の彼と、本質だと言っていたイリス自身が溶け合ってゆくのだろう。

動揺する貴族たちを割って、皇帝夫妻がすぐ近くまで来た。

「私たちもいただきたいわ。よろしいかしら」

「どうぞ」

籠を持って振り返る。そこにいる皆が自分もと声を上げ、クッキーはすぐになくなった。

皇妃がイリスに微笑み掛けた。

「笑い方を覚えていたのね。嬉しいわ」

「彼女が思い出させてくれたのです。父上、母上、クランベル王国の王女マリーネ以外に私の妻はいません。年が明けて春になったら婚儀を致しますので、どうぞご賛同ください」

「すでに婚約状態ではありませんか。しかも相手は救国の女神ですからね。反対などするわけがありません。ねぇ、あなた」

「もちろんだ。できる限り派手にして、帝国の安泰を周囲へ見せつけてくれ」

「ご期待に沿えるより、心します」

その場で拍手が沸き起こり、マリーネはイリスから頬にキスを受けた。

皇帝がイリスとマリーネを交互に見て、サロンでのお茶会は始まったばかりだというのに『退室を許す』と言った。

マリーネはイリスと共に皇帝夫妻に頭を下げてから、連れ立ってサロンを出た。

二人が向かったのはイリスの私室だ。

誘導したのは彼で、マリーネには初めて入る部屋になる。

彼女はそこでイリスの巨大なベッドへ押し倒された。

「イリス。まだ陽が高いです」

「それがどうした。一昨日は手酷(てひど)くしてしまった。いまからはお前を快感で泣かせたい」

いまだに足の間になにか挟んでいるような気がするのに、これ以上大丈夫だろうかと考えつつも彼の腕の中に取り込まれてゆく。

興奮したせいもあり、キスをたくさんされて、頬も意識もかぁっと燃えるようになった。

いつの間にかラナがいて、彼女のドレスを脱がせていく。

「ドレスはもっと簡単に脱げるものにするべきだな」

「私もそう思います」

答えたのがラナだったので、イリスは声を上げて笑う。

マリーネはその姿に一気に引き込まれた。

「練習した成果が出ています」

思わず言ってしまって口を両手で押えたが遅かったようだ。

イリスは鋭く怖い眼と微笑する口元を晒して、コルセットをとられ薄絹だけになったマリーネに覆い被さってきた。

ラナはそそくさと部屋から出て行く。

たくさん口付けられた。唇はもちろん、頬から耳の中までも。

胸も揉まれて乳首を吸われた。

震える両脚が彼の手で開かれても、抵抗する気持ちなど欠片も出てこなかった。

やがて突き込まれた雄の猛(たけ)りはすさまじく、彼女の内壁をたっぷり擦り上げてゆく。

「は、あぁあ、……っ、イ、リ、ス……、なんだか、すごい……っ」

「気持ちが急いてたまらない……っ。……あの、クッキーは、興奮剤か」

「知らないっ、……笑ったから、でしょう?」

「そうか、そうかもな。魔人の存在で、押さえつけられていた精神が、笑いの中で解放されていくのだろう……いい気持ちだ」

固まっていたような顔の筋肉が笑みで解されてゆくように、なにも感じないよう十年もの間押さえつけていた感性が解き放たれるなら、さぞかし気持ちが良いに違いない。

爆発してゆくイリスの激情を受け取るマリーネは、全身で喘いで声を上げるしか応えようがなかった。

仰向けで脚を上げられ、胎内の深くまでイリスの男根を呑み込んで、最後は下の口に情液をたっぷり飲まされる。

それだけで満足できた彼女は、今度は仰向けになったイリスの上に跨るようにと誘導されて戸惑ってしまった。

ベッドヘッドに枕と上掛けを重ねたイリスは、上半身が浮き上がった体勢だ。

仰向けに寝て足を投げ出した彼の下肢には、マリーネを貪ってやまない男の象徴が上を向いて勃っている。

「乗れ。脚を開いて跨るんだ」

何度も上り詰めていたマリーネの頭の中は、すでに朦朧としていた。

よろよろと言われた通りにしていけば、股を大きく開いた時点で内股が濡れているのを感じ、さらには、隘路の奥から流れ出て来る水気のものを察知した。

「イリス……あなたを、汚してしまうわ……、あ、零れる」

「構わない。その方が呑み込むのに楽だ。さぁ、自分で挿れてくれ」

彼の望みは叶えたい。

言われた通りイリスの下肢へ自分の陰部を押し当てると、先走りで濡れていた彼の先端が、マリーネの内側から漏れ出る情液や蜜などでますます濡れそぼる。

それは男の幹を伝わって滴り、予想通り彼の腹を汚した。

恥ずかしさでマリーネの頬は真っ赤に染まる。

このまま腰を落とせば、間違いなく怒張を呑み込んでゆくだろう。

けれど、この態勢は支える腕がなくて、怖い。

「怖いわ……イリス……あ、どうしよう……」

イリスは笑う。本当に楽しそうだ。

「お前を私の上に乗せてみたいと思っていた。ずっと前から」

両側から彼女の腰を掴んだイリスは、手に力を入れてマリーネの尻を己の下肢へ下ろした。

「きゃ、あぁあ、ア――っ」

のけ反るようにして衝撃に耐える。滑りのいい内部は難なく男根を受け入れたが、下から開かされたマリーネは、その動きで一気に高みへ上ってしまった。

それなのに、イリスは彼女に休む間も与えず、下から攻めて来る。

腰を掴んだ手はまるで鉄の拘束具のようにマリーネを離さない。

ぐんっと突かれて最奥を開かれる。

マリーネはイリスの腹の上に手を突いてどうにか身体を支えた。

その体勢が意識を飛ばすのを防いでいるから、余計に暴れ馬のようなイリスの塊を感じてしまうのだ。

「あ、あぁ……ひっく……あ」

揺れる。突かれる。開かれて、身悶える。そしてまた昇ってゆく。

狂ったように頭を振れば、鳥の巣のような髪はますます乱れて絡まり、彼女の躰と共に踊る。

「ん――っ、んっ、あ、もう、だめぇ……」

後ろへ倒れようとしたマリーネの肉体は、腹筋だけで起き上がったイリスに抱き締められて彼の胸と密着した。

背中には傷痕がある。そこに回されたイリスの手が、本当に愛おしそうにそれを撫でるのでマリーネは涙を大量に零した。

女性である以上、傷痕がしっかり残ったのはつらい。彼が背負うと言い、終わり良ければ……といっても、死ぬまで残ると思うとどうしても泣けた。

「愛している。やっと言える。半分ではない、私のすべてで告げるぞ。愛している、マリーネ」

耳元でイリスが囁く。マリーネは彼に腕を回して縋り付く。

自分の蜜壺にイリスの雄が鎮座して脈動していても、そのときの口付けはどこか神聖なものだった。

「イリス……好き。愛してるわ。……私の、召喚に応じてくれて、ありがと――」

動きが止まっているからそれだけ言えたようなものだ。

彼が再び動き出せば、肌は熱くなり、内壁が過敏になって、愉悦の海に溺れてゆく。

達した彼と上り詰めた彼女と、荒い息遣いで絡まりながらベッドの上に寝かされて、再び口付けられた。

多少息遣いが落ち着いてきたので、マリーネはイリスの髪の先を摘まんでキスをした。

「また、伸びますよね……」

「武器の一つだからな。また伸ばす。……お前の髪は、……鳥の巣のようだぞ」

マリーネの頭を撫でながら、イリスはきっと微笑している。それが分かるのが嬉しい。

嬉しくて、マリーネはほろほろと涙を零す。

「快感でも泣けるだろう？」

マリーネは言う。

「幸せで泣いています」

――彼の笑みが好きだ。

ぐっと抱き締められた。イリスは止まらない情動をぶつけてくる。

「私が表に出せなくなっていた感情や感覚は、お前がいれば、普通に戻っていく」

「……私の魔法力が曲がるのを治す練習に、付き合ってください」

「もちろんだ」

繰り返される口付けと嬌声、そして満足する肉体と、互いを見つめて微笑み合う幸福なとき。

いつの間にか夜になっていて、凍てつく空でも明るい光を放つ冬の月が二人を見ていた。


年が明けてマリーネは十八歳になった。

婚儀の準備は着々と進んでいるが、イリスは政務、マリーネは再びドレスの仮縫いや試着に宝石を選んで……と、とにかく忙しい。

そういう中で、クッキーが食べたいというイリスのために二人は夜中に厨房へと忍んで行く。

イリスがわがままを言うのはマリーネにだけで、それを知っているから余計に断れなくて付き合ってしまう。

簡単に作れる方法も覚えたので、まだ温かな薄いクッキーを互いの間に置いて、厨房のテーブルで夜中のお茶会をすることもあった。

何度目かのとき、マリーネはそろそろ召喚契約を解除しようと提案した。

「いや、解除する必要はない」

「なぜ？　魔法力が縛られているのに。もちろん毎日解除するけど、私が先に逝去すると、すごく拙いことになるわ。知っているでしょう？」

ゆるく笑ったイリスは考えていた。

――一度に呼べるのは一体の召喚獣だ。解除すれば、マリーネは次の召喚獣を呼べる。もしも私以外の男が呼ばれてやってきたら、そいつと契約状態になる。許せるか。そんなこと。

マリーネの魔法力には特殊な面があった。黄金の魔法陣は、『人』を召喚する。

誰にも言わないイリスだけの秘密だ。

彼はマリーネをどうやって納得させるか考えを巡らせながらクッキーを頬張る。

そういう彼を見つめるのは、マリーネにとって極上の幸せなひとときとなっていた。

Epilogue

イリスとマリーネは、ここ数年どこの国でも見られなかったような豪華な婚儀を執り行った。

婚儀は一週間にわたり、中間日に設けられた大聖堂の結婚式には、クランベル王の名代で四人の姉たちも参列した。その召喚獣も姿を現して姉たちの隣に並んだ。

豪勢なのは確かだが、他に例を見ないずいぶん不可思議な結婚式だったと、各国の記録には残されている。


魔人エリックの件と共に、〈あまりもの姫〉の召喚物語は後世まで語り継がれるという。

故国の危機を回避させ、当時の皇子と共闘して魔人に支配されるところだった帝国を救った救国の女神は、その後、皇妃になった者として帝国の歴史に刻まれた。

一方クランベル王国の歴史書には、大失敗と思われたマリーネの召喚魔法は、結果からみて大成功だったと記された。

それを聞いたマリーネが泣いて喜んだのは言うまでもない。

あとがき

こんにちは。または初めまして。白石まとです。

このたびは、「あまりもの姫は一世一代の魔獣召喚に失敗する⁉ 召喚されたのは皇子でした」をお手に取ってくださいまして、まことにありがとうございました。

魔法と剣と皇子殿下、そして、上に四人の姉をもつ五番目の王女さまのお話です。世界は魔法力がなくなりつつある、たそがれの魔法世界です。

大きな何かが失われてゆく最後のとき、という世界観がとても好きなので、ついそちら方向にいってしまいますね。

たそがれ時にはなにかが起こると感じませんか？　特別な力が生まれたり、いままで眠っていたものが目覚めたりと、個人の人生や全体の命運が揺れ動く時だと思っています。

ヒロインのマリーネは、美女ぞろいの姉たちへのコンプレックスが強く、頑張っているものの心のどこかで自分はダメだと諦めているという――私からみると、とても可愛い子です。

ヒーローのイリスは、表層に強固な殻を作って己の核たる中身を守ってきた人です。心が強靭で能力も高く、とにかく強い！

最終的になにを武器にするかを考えて、この姿になりました。

四人の姉たちは、双子が二組です。それぞれ性格の違いがあります。長女のイメルバは、非常に好きなタイプのキャラなので、いつか彼女の物語を書いてみたいものです。

戦闘シーンも書いていてすごく楽しいです。もっと詳細に、もっと激しく動き回るものを書きたい気持ちはありますが、どこに需要があるのですかと抑えています。うぅ……。

氷堂れん様。美しい表紙と丁寧で端麗な挿絵をまことにありがとうございました。

表紙のマリーネの小さい感じがよく出ていて、とにかく可愛いですね。嬉しい。そしてイリスが、ものすごく恰好いいです。長い髪をそれとなく緩く括っていて、何とも言えない艶がありますね。マリーネもそうですが、髪の流れが美しくて、うっとりと眺めてしまいます。

そして挿絵！　なんとラスボスのエリックまでいます！　すごいです。イリスは髪が長いのと、短いのと両方あって二度美味しいですね。憧れの絵かきさんなのです。描いていただきまして、本当にありがとうございました。

今回は、迷い猫のことでかなり時間を取られたのもあって、書く時間を長く取ってもらいながら、結局、切羽詰まってしまいました。編集様、なにかとご負担をお掛けしてすみません。こうして本が出るのも、皆様のお陰です。ありがとうございました。

本が出るもう一つの大きな力が、読者様です。読んでいただきましてありがとうございました。感謝いたします。できますなら、また次の本でもお会いできますよう祈っております。

白石まと

蜜猫 novels をお買い上げいただきありがとうございます。
この作品を読んでのご意見・ご感想をお聞かせください。
あて先は下記の通りです。

〒102-0075　東京都千代田区三番町 8 番地 1　三番町東急ビル 6F
(株)竹書房　蜜猫 novels 編集部
白石まと先生 / 氷堂れん先生

あまりもの姫は一世一代の魔獣召喚に失敗する!?　召喚されたのは皇子でした

2021 年 7 月 19 日　初版第 1 刷発行

著　者　白石まと
発行者　後藤明信
発行所　株式会社竹書房
〒102-0075 東京都千代田区三番町 8 番地 1
三番町東急ビル 6F
email : info@takeshobo.co.jp
デザイン　antenna
印刷所　中央精版印刷株式会社